세 마리 토끼 잡는

초등 독해력

E2

초등 5-2

NE 능률

이 책을 쓴 분들_

강영주(지에밥 창작연구소 대표, 작가, 〈세 마리 토끼 잡는 독서 논술〉 대표 필자)
김경선(작가, 〈세 마리 토끼 잡는 독서 논술〉 집필)
한화주(작가, 〈세 마리 토끼 잡는 독서 논술〉 집필)
한현주(작가, 〈세 마리 토끼 잡는 독서 논술〉 집필)
이현정(작가, 〈세 마리 토끼 잡는 독서 논술〉 집필)

이 책을 만든 분들_

박지영(작가, 기획 편집자), 채현애(기획 편집자), 박정의(기획 편집자),
권정희(기획 편집자), 지은혜(기획 편집자), 강영주(작가, 기획 편집자)

세 마리 토끼 잡는 초등 독해력 E단계 2권

개정판 2쇄: 2022년 10월 25일
총괄 김진홍 | **기획 및 편집** 지에밥 창작연구소 | **연구원** 김지현, 김지연, 이자원, 박수희 | **펴낸이** 주민홍 | **펴낸곳** ㈜NE능률 | **디자인** 장현순, 윤혜민 | **그림** 우지현, 김잔디, 안지선, 김정진, 윤유리, 이덕진, 이창섭, 고수경, 장여희, 김규준, 김석류 | **영업** 한기영, 박인규, 이경구, 정철교, 김남준, 김남형, 이우현 | **마케팅** 박혜선, 이지원, 김여진 | **주소** 서울특별시 마포구 월드컵북로 396(상암동) 누리꿈스퀘어 비즈니스타워 10층 (우편번호 03925) | **전화** (02)2014-7114 | **팩스** (02)3142-0356 | **홈페이지** www.nebooks.co.kr | ISBN 979-11-253-3974-8 | 979-11-253-3978-6 (set)

제조년월 2022년 10월 제조사명 ㈜NE능률 제조국 대한민국 사용연령 12~13세(초등 5학년 수준)

독해 실력을 키워서 공부 능력자가 되어 보세요!

요즘 우리 아이들, 공부할 것이 참 많습니다. 국어, 영어, 수학, 과학, 사회, 예체능 어느 것 하나 소홀히 할 수 없지요. 그런데 **이런 교과 공부를 할 때 가장 기본이 되는 것은 설명하는 내용이 무엇인지 아는 것입니다.**

특히 학교 공부를 처음 시작하는 초등학생에게 글을 읽고 이해하는 일은 무엇보다 중요합니다. 즉, **독해는 도구 과목인 국어를 포함한 모든 과목에서 공부의 시작이자 끝이라고 할 수 있지요.** 초등학교 때 독해를 소홀히 하다 보면 중·고등학교에 가서 교과서를 읽으면서도 그 내용을 이해하지 못하는 일이 생기기도 합니다.

그런데 **독해력은 열심히 책만 읽는다고 해서 단기간에 키워지는 것이 아닙니다.** 꾸준히 글을 읽고 이해하는 연습을 지속적으로 해야 비로소 실력이 생겨나는 것이지요. 그러므로 독해 연습은 단계적이고 체계적으로 하는 것이 중요합니다.

〈세 마리 토끼 잡는 초등 독해력〉은 이 중요한 독해의 방법을 제시하기 위해 기획된 시리즈입니다. 이 시리즈의 구성 원리는 다음과 같습니다.

1. 초등학생이 교과를 이해하는 데 필요한 독해의 전 과정을 담는다

교과의 기본이 되는 글의 내용을 쉽게 이해하는 **사실 독해**로 시작하여 글 속에 숨은 뜻을 짐작하고 비판하는 **추론 독해**, 읽은 것을 발전시켜서 창의적으로 문제를 해결하는 **문제해결 독해**로 이어지는 독해의 전 과정을 체계적으로 담았습니다.

2. 다양한 독해 활동을 통해 독해를 쉽고 재미있게 학습하도록 구성한다

독해의 원리에 흥미롭게 다가갈 수 있도록 **주제 활동, 유형 연습, 실전 학습** 등을 다양하게 단계적으로 구성하였습니다. 이때 글과 쉽게 친해질 수 있도록 동화, 역사, 사회, 과학, 예술 분야의 전문 필진과 초등 교육 과정 전문 선생님들이 함께 노력을 기울였습니다. 이 밖에도 독해의 배경지식이 되는 어휘, 속담, 문법, 독서 방법 등의 읽을거리를 충분히 실었습니다.

〈세 마리 토끼 잡는 초등 독해력〉을 통해 토끼처럼 귀여운 우리 아이들이 **독해 자신감, 공부 자신감**을 얻어서 최고의 **독해 능력자**가 되기를 기대하며 응원하겠습니다.

세 마리 토끼 잡는 초등 독해력 은 어떤 책인가요?

1 독해의 세 가지 원리를 한번에 잡는 책

독해는 글을 읽고 뜻을 이해하는 것입니다. 이때 뜻을 이해한다는 것은 글에 드러난 정보나 주제뿐 아니라 숨어 있는 글쓴이의 의도나 생략된 내용을 짐작하고 읽는 사람의 생각과 느낌을 고려한 표현까지 이해하는 것입니다. 〈세 마리 토끼 잡는 초등 독해력〉은 사실 독해, 추론 독해, 문제해결 독해로 이어지는 독해의 원리를 단계적으로 키워서 독해 능력을 한번에 완성하도록 도와줍니다.

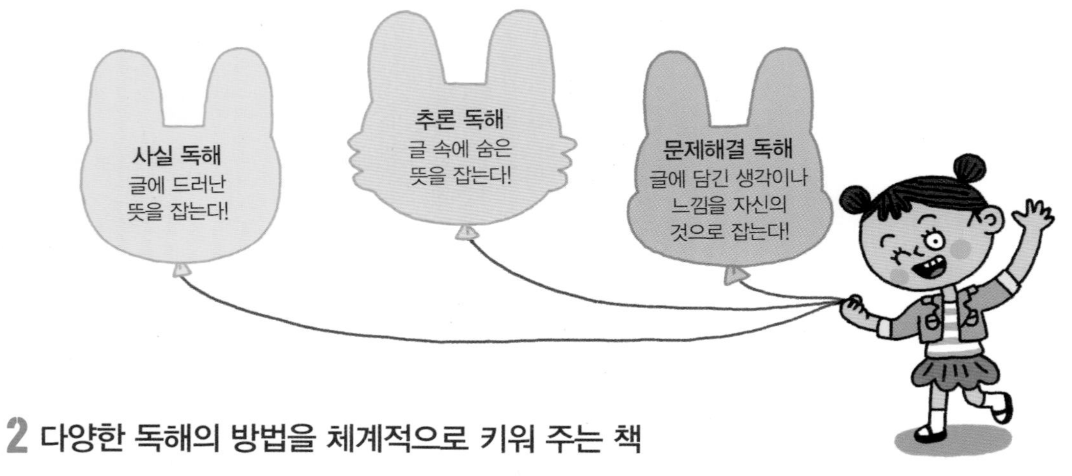

2 다양한 독해의 방법을 체계적으로 키워 주는 책

설명문, 논설문과 같은 글을 읽을 때와 시, 소설을 읽을 때는 글의 내용을 이해하는 방법이 조금 다릅니다. 비문학적인 글을 읽을 때에는 글에 나타난 정보나 사실을 이해하여 주제나 중심 생각을 파악해야 합니다. 그리고 문학적인 글을 읽을 때에는 주제뿐 아니라 글 속에 숨은 의미와 분위기, 표현 방법을 살펴서 글쓴이의 의도를 미루어 짐작하고 그에 대한 나의 생각이나 느낌도 표현할 수 있어야 합니다. 〈세 마리 토끼 잡는 초등 독해력〉은 독해 개념부터 유형 연습, 실전 문제에 이르기까지 독해의 다양한 방법을 체계적으로 키워 줍니다.

3 다양한 교과 관련 배경지식을 키워 주는 책

글을 읽을 때는 낱말이나 문장을 과목에 따라 다르게 해석해야 하는 경우가 있습니다. 국어 과목에서는 동요의 노랫말처럼 '달'을 보고 '토끼가 떡방아를 찧는 것 같다'고 표현하는가 하면 과학 과목에서는 '아무도 살지 않는 지구 주위를 돌고 있는 위성' 혹은 '지구와 가장 가까운 천체'로 보기도 합니다. 〈세 마리 토끼 잡는 초등 독해력〉은 과목에 따라 다른 의미로 해석되는 다양한 영역의 글을 수록하여 도구 과목인 국어 과목뿐 아니라 사회, 과학, 예체능 등 다양한 교과 공부에 도움을 주는 배경지식을 키울 수 있습니다.

4 다원적 사고 능력을 열어 주는 책

독해력은 글의 내용을 이해·감상하고 자신의 관점으로 비판하며 창의적으로 표현하는 능력을 갖추는 고차원의 사고 능력입니다. 특히 서술형과 같은 문제 유형으로 자신의 생각을 창의적으로 표현해야 하는 경우에는 이와 같은 능력이 더욱 요구됩니다. 〈세 마리 토끼 잡는 초등 독해력〉은 독해력을 구성하는 이해력, 구조 파악 능력, 어휘력, 추리·상상적 사고 능력, 비판적 사고 능력, 문제 해결 능력 등 다원적 사고 능력을 골고루 계발하여 어떠한 문제 상황도 너끈히 해결할 수 있도록 도와줍니다.

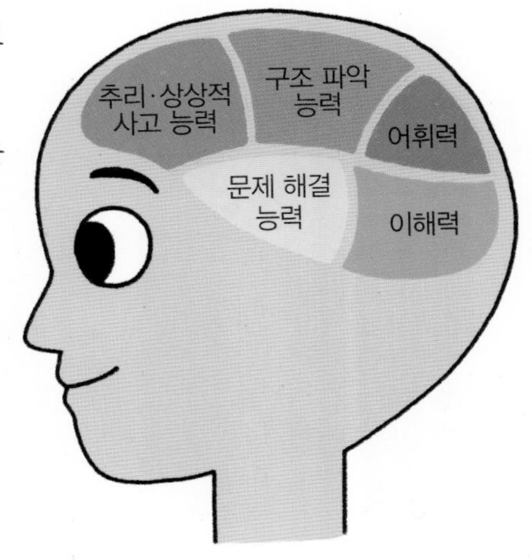

세 마리 토끼 잡는 초등 독해력 은 어떻게 이루어져 있나요?

1 전체 구성

〈세 마리 토끼 잡는 초등 독해력〉은 학년과 학기의 난이도에 따라 6단계 12권으로 이루어져 있습니다. 이 책은 각 학년과 학기의 학습 목표에 맞는 독해 주제를 단계적으로 구성하였으므로, 그에 맞게 선택해서 공부할 수 있습니다. 하지만 학습자의 독해 능력에 맞게 단계를 조정하여 선택하면 더욱 효과적입니다.

단계	A단계		B단계		C단계		D단계		E단계		F단계	
권 수	2권		2권		2권		2권		2권		2권	
단계 이름	A1	A2	B1	B2	C1	C2	D1	D2	E1	E2	F1	F2
학년-학기	1-1	1-2	2-1	2-2	3-1	3-2	4-1	4-2	5-1	5-2	6-1	6-2
학습일	각 권 20일											
1일 분량	매일 6쪽											

2 권 구성

〈세 마리 토끼 잡는 초등 독해력〉 한 권은 학습 내용에 따라 PART1, PART2, PART3으로 나누어져 있습니다. 학년별 난이도에 따라 각 PART의 분량이 다릅니다.

PART 1 사실 독해 (1~2주 분량)

독해에서 가장 기본이 되는 부분으로, 글에 나타난 정보나 사실을 확인하는 내용을 주로 담고 있습니다. 이 부분에서는 글에서 정보를 찾아보고, 이를 바탕으로 중심 내용과 주제, 글의 구조와 전개 방식을 파악하며 읽는 방법을 배웁니다. 이 부분은 독해를 처음 접하는 저학년일수록 분량이 많고, 고학년으로 갈수록 분량이 줄어듭니다.

단계별 구성(저학년은 분량이 많고, 고학년은 분량이 적습니다. A~C단계: 2주분 / D~F단계: 1주분)

A단계	B단계	C단계	D단계	E단계	F단계
글자, 낱말, 문장 알기	마음을 나타내는 말 알기	설명하는 글을 읽은 경험 찾기	생각이나 느낌이 다른 까닭 알기	기행문의 특성 알기	인물, 사건, 배경의 관계 알기

PART 2 추론 독해 (1~2주 분량)

독해 능력이 발전하는 부분으로, 글에 드러난 것을 파악하는 것을 뛰어넘어 글에 숨겨진 뜻을 짐작하고 비판하는 내용을 담았습니다. 이 부분에서는 글에 나타난 정보를 짐작해 보고 생략된 내용이나 숨겨진 주제, 글을 쓴 목적을 찾아보며 글을 읽는 방법을 익힙니다. 그리고 글에 드러난 관점이나 글쓴이의 주장과 근거, 표현 방법 등을 비판하며 읽는 방법도 배웁니다. 이 부분은 저학년일수록 분량이 적고, 고학년으로 갈수록 분량이 늘어납니다.

단계별 구성(저학년은 분량이 적고 고학년은 분량이 많습니다. A~C단계: 1주분/ D~F단계: 2주분)

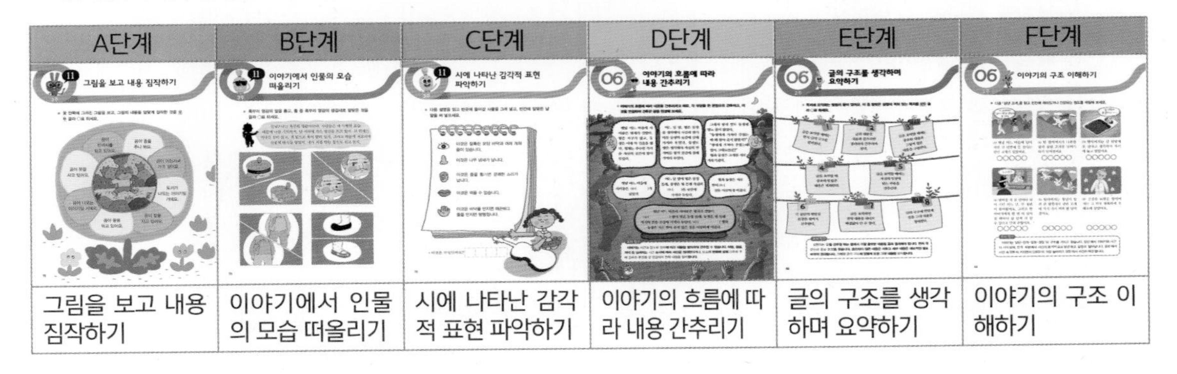

A단계	B단계	C단계	D단계	E단계	F단계
그림을 보고 내용 짐작하기	이야기에서 인물의 모습 떠올리기	시에 나타난 감각적 표현 파악하기	이야기의 흐름에 따라 내용 간추리기	글의 구조를 생각하며 요약하기	이야기의 구조 이해하기

PART 3 문제해결 독해 (1주 분량)

글의 내용을 자신의 상황에 창의적으로 적용하는 고차원적 독해 능력을 키우는 부분입니다. 이 부분에서는 글에서 감동적인 부분을 찾아 글쓴이의 마음에 공감하고, 글을 읽고 난 감동을 표현하며 읽습니다. 글에 나타난 다양한 문제 상황과 해결 방법을 나의 생활에 적용하며 창의적으로 읽는 방법을 배웁니다.

단계별 구성(저학년과 고학년 같은 분량입니다. A~F단계: 1주분)

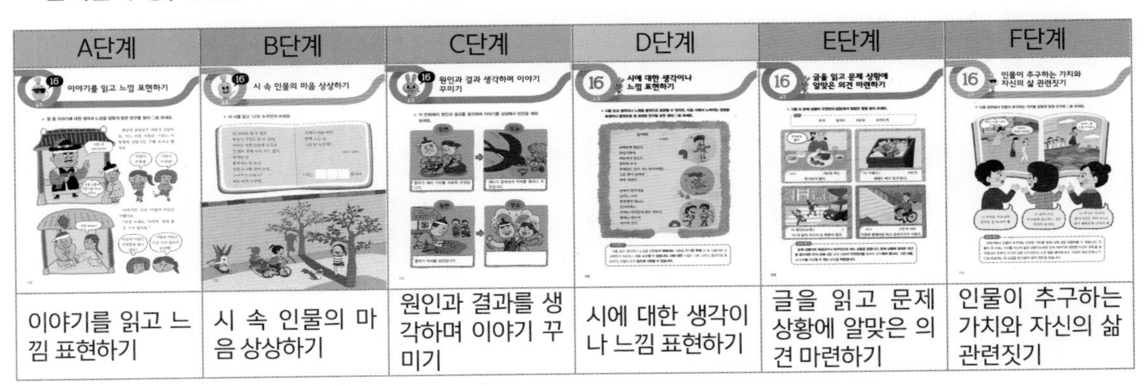

A단계	B단계	C단계	D단계	E단계	F단계
이야기를 읽고 느낌 표현하기	시 속 인물의 마음 상상하기	원인과 결과를 생각하며 이야기 꾸미기	시에 대한 생각이나 느낌 표현하기	글을 읽고 문제 상황에 알맞은 의견 마련하기	인물이 추구하는 가치와 자신의 삶 관련짓기

세 마리 토끼 잡는 초등 독해력 1일 학습은 어떻게 짜여 있나요?

개념 활동 재미있게 활동하며 독해의 원리를 익힙니다 (2쪽)

개념 활동

매일 익힐 독해의 개념을 재미있는 활동과 간단한 문제로 알아볼 수 있습니다. 퀴즈, 미로 찾기, 색칠하기, 사다리 타기, 만들기 등 다양하고 재미있는 활동을 통해 독해의 원리를 입체적으로 배울 수 있습니다.

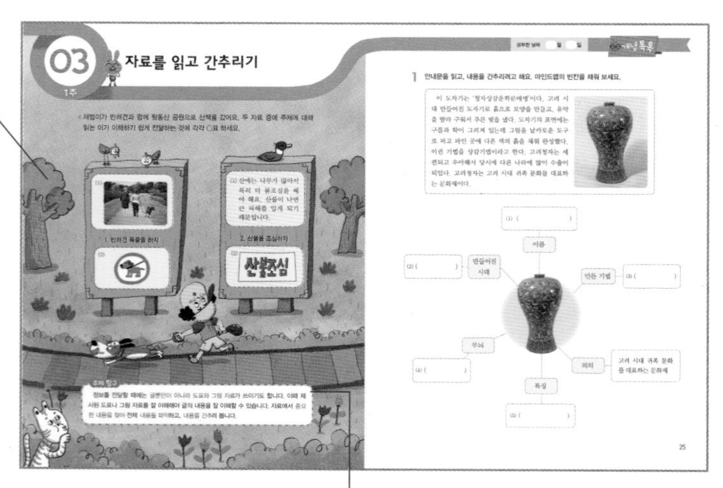

주제 탐구

개념 활동을 하며 살펴본 독해의 원리로 학습 주제를 살펴볼 수 있습니다. 이곳에서 앞으로 공부할 주제를 한눈에 확인할 수 있습니다.

독해력 활짝 짧은 글로 유형을 연습하며 독해력을 넓힙니다 (2쪽)

유형 설명

주제와 관련된 여러 유형을 나누어 핵심 평가 요소를 확인합니다.

유형 문제 연습

다양한 유형을 익힐 수 있는 독해 문제가 제시되어 있습니다.

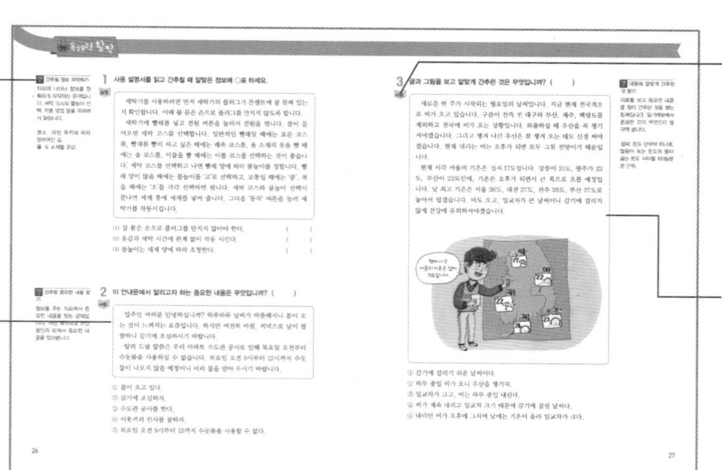

관련 교과명

지문과 관련된 교과명이 표시되어 있습니다.

짧은 글 독해

유형과 관련 있는 짧은 글을 읽으며 문제의 출제 의도를 파악합니다.

독해력 쑥쑥 긴 글로 실전 문제를 풀며 독해력을 키웁니다 (2쪽)

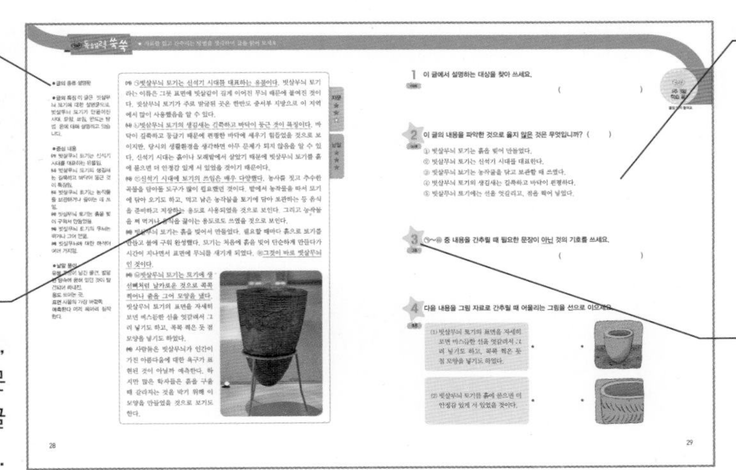

글의 개관
글의 종류, 특징, 중심 내용, 낱말 풀이 등으로 글에 대한 이해를 돕습니다.

긴 글 독해
시, 동화, 소설, 편지, 일기, 설명문, 논설문 등 다양한 갈래의 글이 수록되어 있습니다.

실전 문제
이해, 구조, 어휘, 추론, 비판, 문제해결 등과 관련된 다양한 실전 문제가 수록되어 있습니다.

핵심 문제
해당 주제의 핵심 문제는 노란색 별로 표시되어 있습니다.

독해 플러스 독해력을 돕는 배경지식을 알아봅니다

한 주 동안의 학습을 마무리하면서 독해와 관련된 배경지식을 살펴봅니다. 어휘, 속담, 고사성어, 문법, 독서의 방법 등 독해에 꼭 필요한 내용을 재미있는 만화를 통해 익히고, 간단한 문제로 확인해 봅니다.

세 마리 토끼 잡는 초등 독해력 이렇게 공부해요

1 매일매일 꾸준히 공부해요

〈세 마리 토끼 잡는 초등 독해력〉은 매일 6쪽씩 꾸준히 공부하는 책이에요. 재미있는 개념 활동으로 시작해서 학교 시험에 도움되는 실전 문제에 이르기까지 지루하지 않게 공부할 수 있지요. 공부가 끝나면 '○주 ○일 학습 끝!' 붙임 딱지를 붙여 보세요.

2 지문에 실린 책이나 교과서를 찾아 읽어 보아요

하루 공부를 마치고 나면, 본문 지문에 나온 책이나 교과서를 찾아 읽어 보세요. 본문에는 책의 전권을 싣기 힘들기 때문에 가장 대표적인 부분을 발췌했기 때문이지요. 본문을 읽다 보면 뒷이야기가 궁금해지거나 교과 내용이 궁금해져서 자연스럽게 찾아 읽게 될 거예요. 이 과정을 거듭하다 보면 독해 능력자가 될 수 있답니다.

3 지문에 실린 모르는 내용을 사전이나 인터넷을 찾아 읽어 보아요

독해 지문이 술술 읽히지 않는다면 낱말이나 문장을 이해하지 못하는 것입니다. 모르는 낱말이나 어구, 관용 표현 등을 국어사전으로 찾아보고, 비슷한말로 바꾸어 보며 내용을 온전히 자신의 것으로 만들어 보세요. 그리고 더 알고 싶은 것은 책이나 인터넷 백과사전을 검색하며 깊이 있게 공부해 보세요.

한 주 학습표

월	화	수	목	금	토
매일 6쪽씩 학습하고, '○주 ○일 학습 끝!' 붙임 딱지 붙이기					주요 내용 복습하기

세 마리 토끼 잡는

초등 독해력

E2 초등 5-2

주	일차	유형	독해 주제	교과 연계 내용
1주	1	PART1 (사실 독해)	글쓴이의 관점 찾기	[도덕 5학년] 자아 존중감을 높이는 방법을 알아보고 실천하기
	2		체험과 감상이 드러나는 글 읽기	[사회 3-2] 자연에서 얻은 도구를 사용하던 옛날의 생활 모습 알기
	3		의견을 조정하는 글 읽기	[국어 5-2] 토의 과정에서 의견 조정하기
	4		겪은 일이 드러난 글 읽기	[국어 5-2] 겪은 일이 드러나게 글 쓰기
	5		매체의 특성에 알맞은 방법으로 읽기	[과학 5-2] 생태계 구성 요소와 생태계 평형 알기
2주	6	PART2 (추론 독해)	지식이나 경험을 활용해 글 읽기	[사회 5-2] 유교 질서를 바탕으로 한 사회 모습 알아보기
	7		인물을 소개하는 글 읽기	[사회 5-2] 신라의 통일 과정과 발해의 성립 및 발전 과정 알아보기
	8		근거 자료의 타당성 평가하기	[도덕 5학년] 갈등을 해결하는 도덕적 대화 알기
	9		주장을 펼치는 글 읽기	[사회 6-1] 경제 성장에 따른 사회 변화 알기
	10		낱말의 뜻을 짐작하며 글 읽기	[국어 5-2] 낱말의 뜻을 짐작하며 글 읽기
3주	11		글을 읽고 요약하기	[과학 5-2] 환경 요인이 생물에 미치는 영향 알기
	12		글의 구조에 따라 요약하기	[사회 6-2] 문화적 편견과 차별이 없는 미래를 만들기 위한 노력 알아보기
	13		조사 내용을 담은 발표 자료 읽기	[국어 5-2] 발표 주제를 생각하며 자료를 조사하고 구성하기
	14		시에서 말하는 이 파악하기	[국어 5-2] 공감하며 대화하는 방법 알기
	15		이야기에서 인물 사이의 갈등 알기	[국어 5-2] 매체의 특성을 생각하며 읽기
4주	16	PART3 (문제해결 독해)	글에 알맞은 자료 표현하기	[과학 5-2] 환경에 적응하는 생물 알기
	17		이야기의 장면을 극본으로 표현하기	[국어 5-2] 연극의 특성을 알고 경험 표현하기
	18		이야기의 세계와 현실 세계 비교하기	[국어 5-2] 현실 세계와 비교하며 작품 읽기
	19		글을 읽고 난 감상 표현하기	[국어 5-2] 글을 읽고 독서 토론하기
	20		온라인 대화 글로 소통하기	[국어 5-2] 예절을 지키며 누리 소통망 대화하기

PART 1

사실 독해

글에 드러난 정보를 찾아보고 이를 바탕으로 중심 내용과 주제,
글의 구조와 전개 방식 등을 파악하며 읽는 방법을 배워요.

contents

01 글쓴이의 관점 찾기

1주

★ 두 친구가 다음 그림에서 두 가지씩 묶는 방법을 이야기하고 있어요. 여러분이라면 어떻게 두 가지를 묶을지 쓰세요.

(1)

(2)

주제 탐구

관점이란 사물이나 현상에 대한 글쓴이의 태도나 생각의 방향을 뜻합니다. 관점은 사람에 따라 다를 수 있습니다. 글쓴이의 관점을 파악하려면 글쓴이가 알려 주고 있는 내용이 무엇인지 알아보아야 합니다. 또 글쓴이의 생각을 나타내는 표현이 무엇인지 찾아봅니다.

● (1~2) 다음을 읽고 물음에 답하세요.

외계 생명체의 존재를 부정하는 사람들이 있다. 지금껏 외계 생명체를 본 적이 없고, 그들이 존재한다는 증거도 없기 때문이라고 한다.

태양과 같은 별이 모인 무리를 '은하'라고 하는데, 은하에는 약 1,000억 개의 별이 있다. 우주에는 이런 은하가 1,000억 개 넘게 있다. 태양에 딸린 지구와 같은 행성은 그 수를 헤아릴 수조차 없이 많은 셈이다. 그렇게 많은 별과 행성이 있는데, 지구에만 생명체가 존재할 확률은 도리어 낮아 보인다.

인류의 우주 개발 역사는 고작 60년에 불과하다. 우리가 우주에 대해 아는 것은 극히 일부이다. 심지어 우리는 지구에 사는 동식물조차 다 알지 못한다. 그런데 끝없이 넓은 우주에 다른 생명체가 살지 않는다고 할 수 있을까?

지금 이 순간에도 과학자들은 외계 생명체의 흔적을 찾기 위해 노력하고 있다. 나 또한 외계 생명체와의 만남을 기대한다. 그때가 언제일지, 그게 인류의 노력에 의한 것일지는 알 수 없지만 말이다.

1 이 글에서 글쓴이가 말한 내용으로 맞으면 ○표, 틀리면 X표 하세요.

(1) 우주에는 별의 무리인 은하가 1,000억 개 넘게 있다. (   )
(2) 우주에는 지구와 같은 행성이 약 1,000개 정도 있다. (   )
(3) 인류는 우주 개발을 통해 우주에 대해 많은 것을 알고 있다. (   )
(4) 과학자들은 외계 생명체의 흔적을 찾기 위해 노력하고 있다. (   )

2 이 글에 나타난 글쓴이의 생각을 알맞게 말한 친구에 모두 ○표 하세요.

유형 1 글쓴이가 알려 주는 내용 알기

글쓴이가 알려 주는 내용과 정보를 파악하는 문제입니다.

치명적 생명을 위협하는 것을 이름.
방사선 방사성 원소의 붕괴에 따라 물체에서 방출되는 입자들. 프랑스의 물리학자 베크렐이 우라늄 화합물에서 발견한 것으로, 알파선, 베타선, 감마선이 있음.
유출 밖으로 흘러 나가거나 흘려 내보냄.
장담할 확신을 가지고 아주 자신 있게 말할.

1 이 글에서 글쓴이가 알려 주는 내용이 아닌 것은 무엇입니까? (　　　)

과학

원자력 발전소에서는 핵이 분열할 때 생기는 에너지를 이용해 전기를 만든다. 그런데 이때 생명체에 치명적인 해를 줄 수 있는 방사선이 나와 주변을 오염시킨다. 이렇게 방사성 물질에 오염되어 배출되는 모든 물질을 핵폐기물이라고 한다. 핵폐기물을 처리하는 방법은 땅속 깊이 묻는 것이다. 이렇게 묻어 둔 핵폐기물이 안전한 상태가 되려면 10만 년이라는 긴 시간이 지나야 한다. 방사능 유출 사고는 인간의 실수로도, 자연재해로도 벌어질 수 있다. 과연 묻어 둔 핵폐기물이 10만 년 동안 안전하게 보관될 것이라고 장담할 수 있을까?

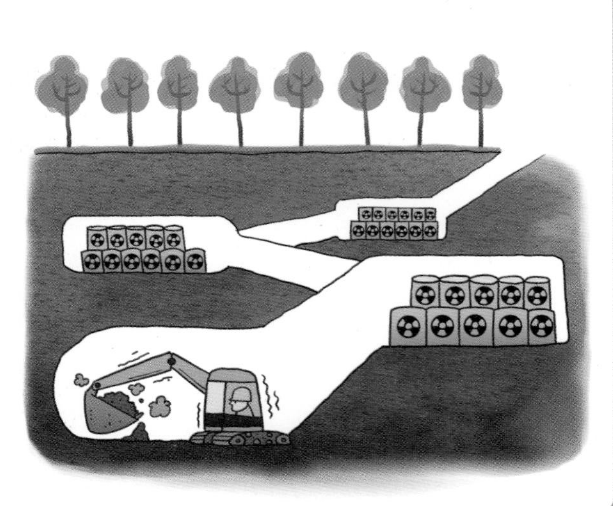

① 방사선의 위험성
② 원자력 발전의 장점
③ 핵폐기물 처리의 문제점
④ 방사능 유출 사고의 가능성
⑤ 원자력 발전소에서 전기를 만드는 방법

유형 2 글쓴이의 관점이 드러난 문장 찾기

사물이나 현상에 대한 글쓴이의 태도나 생각의 방향이 드러난 문장을 찾습니다.

기슭 산이나 처마 따위에서 비탈진 곳의 아랫부분.

2 ㉠~㉤ 중 글쓴이의 관점이 드러난 곳의 기호를 쓰세요. (　　　)

국어

㉠우리 집 근처에는 커다란 호수가 있다. ㉡호수에는 여러 마리의 거위와 오리가 산다. ㉢호숫가를 산책하다 보면 이따금 기슭으로 올라온 거위나 오리에게 "꽉꽉!" 말을 거는 사람을 만난다. 호기심 가득한 아이나 할 법한 행동 같지만, 나이 지긋한 할아버지, 할머니, 아저씨, 아주머니도 예외가 아니다. ㉣그러다 가끔 거위나 오리가 "꽉꽉!" 대답을 해 주면 너나없이 반가운 얼굴로 활짝 웃는다. ㉤그 모습을 볼 때면 나이를 먹는 것은 몸일 뿐 마음은 아니라는 생각이 든다.

3 이 글에 나타난 글쓴이의 의견을 두 가지 고르세요. (　　　　　)

도덕

어른들은 우리에게 '좋은 친구를 사귀어야 한다.'고 말씀하신다. 나쁜 짓을 일삼는 친구를 사귀면, 자신도 모르게 나쁜 행동을 하게 된다는 것이다. 하지만 더욱 중요한 것은 스스로가 좋은 사람이 되는 일이다.

우리는 친구를 사귈 때 자신의 마음에 드는 아이, 자신과 생각이 비슷한 아이와 친구가 되고 싶어 한다. 자기 생각과 행동이 올바른데, 나쁜 짓을 일삼는 아이와 친구가 되고 싶을까? 또한 친구는 서로서로 영향을 주고받는다고 생각한다. 내가 좋은 아이라면 나쁜 행동을 하는 아이와 가까워져도 그 아이에게 선한 영향을 줄 수 있을 것이다.

① 좋은 친구를 사귀어야 한다.
② 친구를 가려 사귀는 행동은 옳지 못하다.
③ 스스로가 좋은 사람이 되는 것이 중요하다.
④ 좋은 친구를 사귀어야 한다는 말은 잘못되었다.
⑤ 친구는 서로서로 영향을 주고받는다고 생각한다.

유형 3 글쓴이의 관점이 드러난 의견 파악하기

좋은 친구를 사귀는 일에 대한 글쓴이의 생각이 드러난 부분에서 글쓴이의 의견을 찾습니다.

일삼는 주로 좋지 않은 일 따위를 계속하여 하는.

4 이 이야기에서 글쓴이가 전하려는 생각은 무엇입니까? (　　　)

국어

여우 한 마리가 사냥꾼이 놓은 덫에 걸렸다. 여우는 간신히 덫을 빠져나왔지만 꼬리를 잃고 말았다.

'나만 부끄럽게 이게 뭐람. 그렇지! 다들 나처럼 꼬리가 없다면?'

꼬리를 잃은 여우는 친구들에게 달려가 말했다.

"꼬리가 짧으니까 몸이 얼마나 가벼운지 몰라. 볼품없고 거추장스럽기만 한 꼬리를 뭐 하러 달고 다니니? 너희도 꼬리를 떼어 버리렴."

그러자 그 말을 듣고 있던 다른 여우가 말했다.

"꼬리가 잘리지 않았다면, 네가 우리에게 그런 충고를 했을까?"

① 경험처럼 좋은 가르침은 없다.
② 모든 일이 마음먹기에 따라 달라진다.
③ 남과 다른 것을 부끄럽게 여겨서는 안 된다.
④ 제 이익을 위해 거짓 충고를 하는 사람이 있다.
⑤ 때로는 아끼던 것도 과감히 버릴 수 있어야 한다.

유형 4 글을 쓴 의도 파악하기

꼬리를 잃은 여우의 이야기에서 글쓴이가 우리에게 전하고 싶은 말을 생각해 봅니다.

거추장스럽기만 물건 따위가 크거나 무겁거나 하여 다루기가 거북하고 주체스럽기만.

★ 글쓴이의 관점을 파악하며 글을 읽어 보세요.

●**글의 종류** 수필

●**글의 특징** 이 글은 네모난 수박을 본 느낌과 생각을 자유롭게 쓴 글입니다. 네모난 수박을 통해 우리가 살아가는 모습과 인간으로서의 맛과 향기에 대해 생각해 보게 하는 글입니다.

●**낱말 풀이**

유전 인자 생물체의 개개의 유전 형질을 발현시키는 원인이 되는 인자.

인공 사람의 힘으로 자연에 대하여 가공하거나 작용을 하는 일.

본질적인 본디부터 가지고 있는 사물 자체의 성질이나 모습인.

외형 사물의 겉모양.

인위적 자연의 힘이 아닌 사람의 힘으로 이루어지는. 또는 그런 것.

지문 ★★☆

낱말 ★★☆

네모난 수박을 보고 충격을 받았다. 어릴 때 동화적 상상의 세계에서나 존재했던 네모난 수박이 물리적 현실의 세계에 존재하게 된 것은 정말 놀라운 일이 아닐 수 없다. 이는 '수박은 둥글다.'는 기본 개념을 파괴해 버린 일이다. 이제 우리는 식탁에 올려진 네모난 수박을 늘 먹으면서 무슨 생각을 하게 될까? 별로 대수롭지 않게 그저 먹기에 편하고 맛있으면 그만이라고 생각하게 되지는 않을까?

정작 수박은 네모지면 운반하기에 편할 뿐만 아니라 보관하기에 좋고 썰어 먹기에도 좋다고 한다. 그러나 [㉠]의 입장에서는 여간 화가 나는 일이 아닐 것이다. 네모난 수박은 유전 공학자들에 의해 유전 인자가 변형되어 만들어진 것이 아니라 네모난 인공의 틀 속에서 자라게 함으로써 단순히 외형만 바뀌도록 만들어진 것이다.

(중략)

나는 네모난 수박을 한참 들여다보다가 비록 겉모습은 네모졌으나 수박으로서의 본질적인 맛과 향은 그대로일 것이라고 생각하면서 오늘을 사는 우리들이야말로 바로 이 네모난 수박과 같은 존재가 아닐까 하는 생각이 들었다. 예전의 우리 삶이 둥근 수박과 같은 자연적 형태의 삶이었다면, 지금은 외형을 중시하는 네모난 수박과 같은 ㉡<u>인위적</u> 형태의 삶을 살고 있다고 할 수 있다.

오늘날 우리 삶의 속도는 무척 빠르다. 변화의 속도가 너무 빨라 도무지 정신을 차릴 수 없다. 오늘의 속도를 미처 느끼기도 전에 내일의 속도에 몸을 실어야 한다. 그렇지만 네모난 수박이 수박으로서의 맛과 향기만은 잃지 않았듯이 우리도 인간으로서의 맛과 향기만은 결코 잃어서는 안 된다.

정호승, 「네모난 수박」

1주 1일 학습 끝!

붙임 딱지 붙여요.

1 이해

이 글의 제목으로 알맞은 것은 무엇입니까? (　　　)

① 수박　② 네모난 수박　③ 수박은 둥글다
④ 유전 공학의 힘　⑤ 동화적 상상의 세계

2 추론

㉠에 들어갈 낱말로 알맞은 것은 무엇입니까? (　　　)

① 나　② 수박　③ 우리
④ 운송업자　⑤ 유전 공학자

3 어휘

㉡의 반대말을 글에서 찾아 쓰세요. (　　　　　　　　　　)

4 이해

글쓴이의 관점으로 맞으면 ○표, 틀리면 X표 하세요.

(1) 네모난 수박은 운반과 보관이 편리하고 썰어 먹기에도 좋다. [　]

(2) 지금 우리는 네모난 수박처럼 인위적 형태의 삶을 살고 있다. [　]

(3) 네모난 수박이 맛과 향기를 잃지 않았듯이 우리도 인간으로서의 맛과 향기만은 결코 잃어서는 안 된다. [　]

체험과 감상이 드러나는 글 읽기

★ 다음 중 체험에 해당하는 것을 골라 선을 이어 길 찾기를 하세요.

(1) 내장산으로 단풍 구경을 갔다. 엄마가 내장산 단풍은 아름답기로 유명하다고 하셨다.

(2) 단풍으로 물든 산이 거대한 꽃밭처럼 느껴졌다.

(3) 내일은 추석이다.

(4) 엄마와 할머니를 도와 송편을 빚었다.

(5) 얼른 송편을 먹고 싶었다.

(6) 갯벌을 직접 본다고 생각하니 기대가 되었다.

(7) 작은 삽으로 갯벌을 파헤치며 조개를 잡았다.

(8) 석굴암에 들어서자, 한가운데에 자리 잡은 커다란 불상이 눈에 들어왔다.

(9) 갯벌이 무수한 바다 생물의 보금자리라는 생각이 들었다.

(10) 석굴암 불상에 손을 대면 따뜻한 온기가 느껴질 것 같았다.

주제 탐구

기행문이나 생활문에는 글쓴이의 체험과 그에 대한 감상이 담겨 있습니다. 글을 읽으며 글쓴이가 실제로 보고, 듣고, 한 일 등 글쓴이가 직접 겪은 일을 알아봅니다. 또 그런 체험을 하며 생각하거나 느낀 점도 파악해 봅니다.

● (1~2) 다음을 읽고 물음에 답하세요.

불국사를 뒤로하고 우리는 가족은 석굴암으로 향했다. 석굴암은 경주 토함산 기슭에 자리 잡고 있었다. 차에서 내린 뒤, 숲길을 따라 올라가자 자그마한 기와집과 그 뒤로 이어진 둥그런 석굴의 형태가 보였다. ㉠나는 불국사와 이름을 나란히 하는 석굴암의 규모가 너무 작아서 실망했다.

하지만 안으로 들어가자 그런 생각이 싹 사라졌다. 유리 벽 너머 석굴 한가운데에 어마어마하게 큰 불상 본존불이 자리 잡고 있었다. 불상은 돌로 만들어졌는데, 흘러내린 옷의 주름까지 매끄럽게 표현되어 있었다. 불상의 입술에는 붉은 기운이 감돌았다. ㉡나는 크고 아름다운 불상의 모습에 감탄했다. ㉢불상은 금방이라도 눈을 뜨고 미소를 지을 것 같은 얼굴이었다.

나는 한참이나 석굴암의 불상을 바라보다 밖으로 나왔다. 엄마는 이 석굴암이 신라 시대에 만들어졌으며, 자연적으로 생긴 동굴이 아니라 인공적으로 만든 동굴이라고 알려 주셨다. 또 우리는 가까이에서 볼 수 없지만, 본존불을 빙 두른 벽면에도 여러 불상이 정교하고 아름답게 조각되어 있다고 하셨다. ㉣나는 집으로 돌아가서 석굴암이 어떻게 만들어졌는지, 석굴암의 다른 조각은 어떤 모습인지 더 알아보아야겠다고 생각했다.

1 이 글에 나타난 체험에 대한 감상을 찾아 ㉠~㉣의 기호를 쓰세요.

체험	체험에 대한 감상
(1) 석굴암의 입구를 본 일	
(2) 석굴암의 본존불을 본 일	
(3) 엄마께 석굴암에 관한 이야기를 들은 일	

2 이 글을 쓰기 전에 조사할 내용으로 맞으면 ○표, 틀리면 X표 하세요.

(1) 불국사의 위치 (　　)
(2) 석굴암의 역사 (　　)
(3) 석굴암 조각상의 사진 (　　)
(4) 동굴이 생성되는 원리 (　　)

유형 1 글쓴이가 직접 체험한 일 찾기

글쓴이가 철도 박물관에서 직접 보거나 들으며 경험한 일을 찾습니다.

옥외 건물의 밖.
사뭇 아주 딴판으로.
레버 기계 차량을 조작하는 장치.
기관사 일정한 자격을 갖추어 열차나 지하철, 선박, 항공기 따위의 기관을 다루거나 조종하는 사람.

1 글쓴이가 철도 박물관에서 체험한 일을 모두 고르세요. (　　　　)

사회

나는 삼촌과 철도 박물관의 옥외 전시장을 둘러보았다. 그곳에는 끓는 물의 힘으로 달리는 '증기 기관차', 폭이 좁은 철길을 오가며 사람을 실어 나르는 '협궤 객차', 물건을 옮기는 '화차' 등 다양한 기차가 있었다. 모두 예전에 실제로 철길 위를 달렸던 기차들이라고 한다. 내가 타 보았던 고속 열차와 사뭇 다른 모양이라서 신기하게 느껴졌다.

철도 박물관의 '철도 역사실'에서는 기차의 역사를 비롯해 우리나라 철도의 역사에 대해서도 배울 수 있었다. 나는 '열차 운전 체험실'에서 열차를 운전하는 체험을 했다. 화면을 보면서 레버로 기차의 속도를 늦추거나 높일 수 있어서 내가 기관사가 된 것 같았다.

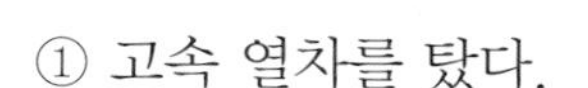

① 고속 열차를 탔다.
② '철도 역사실'을 관람했다.
③ 증기 기관차를 타고 달렸다.
④ 옥외 전시장에서 다양한 기차를 보았다.
⑤ '열차 운전 체험실'에서 열차를 운전하는 체험을 했다.

유형 2 체험한 일에 대한 감상 찾기

글쓴이가 체험한 일에 대한 생각이나 느낌이 나타난 문장을 찾습니다.

이랑 논이나 밭을 갈아 골을 타서 두두룩하게 흙을 쌓아 만든 곳.

2 ㉠~㉤ 중 체험한 일에 대한 감상을 골라 기호를 쓰세요. (　　　　)

국어

㉠주말에 아빠와 시골 할아버지 댁에 다녀왔다. 봄이라 할머니와 할아버지께서는 밭에 작물을 심는 일로 무척 바쁘셨다. ㉡우리는 감자 심는 일을 돕기로 했다.

㉢감자를 심기 위해 우리는 먼저, 밭의 이랑에 일정한 간격으로 구멍을 냈다. 그곳에 싹을 틔운 감자 조각을 일일이 넣고 흙으로 잘 덮었다. ㉣채 한 이랑을 심기도 전에 이마에는 땀이 송골송골 맺히고, 허리와 무릎이 아팠다. ㉤감자 심기는 짐작과 달리 무척 고된 일이었다.

3 이 글을 쓰기 전에 조사했던 내용이 아닌 것은 무엇입니까? (   )

사회

오늘 할머니와 창경궁에 다녀왔다. 창경궁은 조선 시대의 궁궐 가운데 하나이다. 창경궁으로 가는 길에 할머니께서 예전에는 창경궁을 '창경원'으로 불렀다고 말씀하셨다. 그리고 창경원으로 불리던 시절에는 궁 안에 식물원과 동물원이 있었다고 하셨다. 오래전 일제 강점기에 일본이 조선의 위엄을 떨어뜨리려고 궁궐의 전각을 허문 뒤 식물원과 동물원을 만들어 사람들의 놀이 장소로 만든 거란다. 그러다 1980년대에 이르러서야 창경궁은 원래의 모습과 이름을 되찾았다고 한다. 그 말을 듣고 나는 몹시 화가 났다. 일제가 우리나라의 궁궐까지 놀이 장소로 만들었다니 울화가 치밀었다.

나는 창경궁이 어떤 모습일지 기대하며 창경궁의 정문인 '홍화문'으로 들어섰다. 그러자 '옥천교'라는 작은 돌다리가 보였다. 옥천교는 다리 아래로 옥구슬처럼 맑은 물이 흘러간다고 하여 붙여진 이름이다. 우리가 갔을 때는 날이 가물어서인지 흐르는 물을 볼 수 없어 아쉬웠다.

창경궁 옥천교

옥천교 양 끝 기둥에는 돌로 만든 동물 조각상인 석수가 있었다. 옥천교에 있는 석수는 상상의 동물을 조각한 것인데, 다리를 지키며 나쁜 사람이나 나쁜 기운이 들어오지 못하도록 막아 준다고 한다. 나는 옛사람들의 상상력과 생각이 재미있게 느껴졌다.

우리는 옥천교와 명정문을 지나 '명정전'으로 갔다. 명정전은 창경궁의 으뜸 전각인 정전으로, 이곳에서 왕이 왕위에 오르는 즉위식과 과거 시험, 궁중 연회 같은 갖가지 행사가 열렸단다.

① 창경궁의 역사
② 석수를 만들어 놓은 까닭
③ 식물원과 동물원에 관한 정보
④ 궁궐의 으뜸 전각인 명정전의 쓰임
⑤ 창경궁의 이름이 창경원으로 바뀐 까닭

유형 3 글에서 글쓴이가 조사한 내용 파악하기

글쓴이가 겪은 일과 글의 내용을 파악하고 글쓴이가 조사해서 쓴 내용을 찾습니다.

위엄 존경할 만한 위세가 있어 점잖고 엄숙함. 또는 그런 태도나 기세.
전각 임금이 거처하는 집.
정전 왕이 나와서 조회를 하던 궁전.
연회 축하, 위로, 환영, 석별 따위를 위하여 여러 사람이 모여 베푸는 잔치.

● **글의 종류** 기행문

● **글의 특징** 이 글은 글쓴이가 엄마와 '서울 암사동 유적'을 다녀와서 쓴 기행문입니다. 신석기 시대의 유적과 유물을 관람한 체험과 느낀 점 등이 담겨 있습니다.

● **낱말 풀이**
유적 집터처럼 남아 있는 역사적 사실의 자취.
유물 앞서 살았던 사람들이 남긴 물건.
채 집을 세는 단위.
돌칼 석기 시대의 유물인 돌로 만든 칼.

지문 ★☆☆

낱말 ★☆☆

엄마와 '서울 암사동 유적'으로 향했다. 엄마는 그곳이 신석기 시대의 유적과 유물이 발견된 곳이라고 하셨다. ㉠입구를 지나 길을 따라 들어가자, 책에서만 보았던 움집이 늘어서 있었다. 움집은 땅을 파고 나무로 기둥을 세운 뒤, 짚을 덮어서 만든 집이다. 여러 채의 움집이 있었는데, 한 채는 안으로도 들어갈 수 있게 만들어 놓았다. 움집 안에는 가족으로 보이는 신석기 시대 사람들 모형이 있었다. ㉡움집 안은 좁았지만 꽤 아늑했다. ㉢움집 가운데에 불을 피우는 자리가 있는 것이 인상적이었다.

우리는 걸음을 옮겨 나란히 자리 잡은 '제1전시관'과 '제2전시관'을 차례로 관람했다. '제1전시관'에는 움집이 있던 집터와 암사동 유적지에서 발견된 유물이 전시되어 있었다. 불을 피우는 도구, 활과 화살, 돌칼, 그리고 빗살무늬 토기 조각 등이다. '제2전시관'에서는 신석기 시대의 유물과 함께 구석기 시대와 청동기 시대의 유물도 만날 수 있었다. ㉣멀고 먼 옛날에 살았던 사람들의 흔적과 그들이 사용했던 물건이 지금까지 남아 있다니, 무척 신기하고 놀라웠다.

전시관을 나와서 간 곳은 '체험 마을'이다. 체험 마을은 신석기 시대 마을의 모습을 재현해 놓은 곳이다. 움집들을 비롯해 물고기를 잡는 사람, 토기를 만드는 사람, 집 앞에 모여 앉아 돼지를 통째로 구워 먹는 사람들 모형도 있었다.

'서울 암사동 유적'을 관람하면서 나는 마치 타임머신을 타고 시간을 거슬러 올라간 듯한 느낌을 받았다. ㉤책에서만 보던 유물을 실제로 보고, 신석기 시대 사람들이 어떻게 살았는지 생생하게 느낄 수 있어서 좋았다. 미리 인터넷과 전화로 신청을 하면 여러 가지 체험 프로그램에도 참여할 수 있다고 하니, 다음에는 체험 프로그램에도 참여해 봐야겠다.

1 이해 글쓴이가 다녀온 곳은 어디인지 찾아 쓰세요.

(　　　　　　　　　　　　　　　)

1주 2일 학습 끝!
붙임 딱지 붙여요.

2 이해 이 글에서 글쓴이가 체험한 것을 모두 고르세요. (　　　　　　)

① 움집 안으로 들어가 보았다.
② 책에서 청동기 시대의 유물을 보았다.
③ 체험 마을에서 토기를 만드는 체험을 했다.
④ 제2전시관에서 구석기 시대의 유물도 관람했다.
⑤ 불을 피우는 도구, 활과 화살, 돌칼 등을 보았다.

3 이해 ㉠~㉤ 중 글쓴이의 감상이 아닌 것은 무엇입니까? (　　)

① ㉠　② ㉡　③ ㉢　④ ㉣　⑤ ㉤

4 추론 이 글에서 글쓴이가 본 '움집'의 모습으로 알맞은 것에 ○표 하세요.

(1)

(2)

(3)

(4)

의견을 조정하는 글 읽기

★ 다음 중 토의가 필요한 상황에 모두 ○표 하세요.

주제 탐구

토의는 해결해야 할 공동의 문제에 대해 의견을 주고받은 뒤, 가장 좋은 해결책을 찾는 것입니다. 글을 읽으며 토의 주제에 맞고 문제를 해결할 수 있는 의견과 근거를 찾아봅니다. 그리고 의견 조정의 어려움을 파악하며 토의 내용을 평가해 봅니다.

● (1~2) 다음을 읽고 물음에 답하세요.

혜미: 학교에서 벌어지는 왕따 문제를 해결하려면 어떻게 해야 할까?

주호: ㉠따돌림이나 괴롭힘을 당하는 친구가 없는지 잘 살펴봐야 해. 대놓고 괴롭히는 경우도 있지만, 은근히 괴롭히는 경우도 있거든.

은아: ㉡그런 걸 '은따'라고 하잖아. 어쨌든 왕따를 당했을 때에는 참지 말고 주변에 도움을 청해야 한다고 생각해. 선생님이나 부모님께 말씀드리면 문제를 해결하는 데 도움을 주실 거야.

남진: ㉢하지만 그랬다가는 도리어 고자질을 했다고 더욱 미움을 받거나 보복을 당할 수도 있지 않을까? 차라리 아예 왕따 문제가 생기지 않도록 '왕따시키지 않기 서약' 같은 것을 하는 게 낫다고 생각해.

혜미: ㉣어휴, 한심한 소리를 하는구나. 그런 약속은 어기면 그만이지. 친구를 괴롭히며 왕따를 시키는 애들이 그런 것을 따르겠냐?

남진: 뭐? 내가 한심하다고? 무슨 말을 그렇게 하냐? 그러는 넌 아무 의견도 못 내고 있잖아!

1 이 글의 토의 주제예요. 빈칸에 알맞은 낱말을 쓰세요.

• [   ] 을/를 해결하려면 어떻게 해야 할까?

2 이 토의 과정에 대해 알맞게 판단한 것에 모두 ○표 하세요.

(1) ㉠에서 주호는 의견과 근거를 잘 제시했다. (   )

(2) ㉡에서 은아는 주제와 관련 없는 의견을 제시했다. (   )

(3) ㉢에서 남진은 의견을 제시하지 않았다. (   )

(4) ㉣에서 혜미는 남진을 무시하는 듯한 말을 했다. (   )

유형 1 토의 주제 파악하기

세 친구가 말하고 있는, 해결해야 할 공동의 문제가 무엇인지 찾습니다.

1 세 친구가 토의해야 할 주제로 알맞은 것은 무엇입니까? (　　　)

국어

건우: 교실 화분의 식물들이 다 시들시들한 것 같지 않니?
채원: 맞아. 처음에는 잎이 파랗고 싱싱했는데, 지금은 잎이 누렇게 변한 게 많아.
수아: 잎이 다 떨어지고 줄기도 검게 변해서 죽은 것처럼 보이는 것도 있어. 예전에는 화분의 식물을 보면 기분이 좋아졌는데, 지금은 그렇지 않아.
건우: 당번들이 잊지 말고 물을 듬뿍 주어야 할 것 같아.
채원: 하지만 물을 너무 많이 주면 도리어 식물의 뿌리가 썩을 수도 있어. 식물에 따라 알맞게 물을 주어야 해.

① 물 주는 당번을 누구로 정할 것인가?
② 교실 화분의 식물을 어떻게 돌볼 것인가?
③ 기분이 좋지 않을 때는 어떻게 해야 하는가?
④ 시들거나 죽은 식물을 교실 안에 두어도 되는가?
⑤ 화분에 식물을 기르는 것에 찬성하는가, 반대하는가?

유형 2 토의자의 의견과 근거 파악하기

주말에 놀러 갈 곳을 정하는 문제에 대해 '나'의 의견과 근거는 무엇인지 찾습니다.

2 가족 회의에서 나온 '나'의 의견과 근거를 정리해서 쓰세요.

국어

아빠: 주말에 어디로 놀러 가는 것이 좋을지 모르겠군.
엄마: 가까운 계곡으로 갑시다. 날이 푹푹 찌는데 계곡에 가면 시원할 거예요. 나무 그늘에 돗자리를 깔고 누워서 편안히 쉴 수 있고, 계곡에서 물놀이도 할 수 있을 테니까.
나: 실내 놀이공원으로 가면 좋겠어요. 재미있는 놀이 기구를 탈 수 있고, 실내니까 에어컨이 나와서 시원하거든요.
아빠: 하지만 주말에는 사람이 많아서 놀이 기구 하나를 타려면 몇십 분씩 줄을 서서 기다려야 할 거야.

(1) 의견: ______________________________

(2) 근거: ______________________________

3 ㉠~㉤을 판단한 내용으로 알맞지 않은 것은 무엇입니까? ( )

국어

준수: 우리 모둠이 국어 시간에 할 연극을 「흥부 놀부」로 정했으니까, 이제는 연극 배역을 어떻게 정할지 의논해 보자.

민주: ㉠제비뽑기로 배역을 정하는 게 좋겠어. 제비뽑기는 공정한 방법이거든.

지아: ㉡난 자기가 하고 싶은 배역이나 잘할 수 있는 배역으로 정해야 한다고 생각해.

선우: ㉢쳇, 그게 말이 되냐? 그럼 다 착한 주인공인 흥부를 하고 싶다고 하겠지. 누가 고약한 놀부나 놀부 부인 역을 맡으려고 하겠냐? 너 흥부 하고 싶어서 그러는 거지?

지아: 내가 언제 흥부 역을 하고 싶대? 왜 말을 그렇게 하냐?

민주: 자자, 그만해.

지아: ㉣제비뽑기는 우리의 생각과 전혀 다른 결과를 불러올 수 있어. 모두가 마음에 들지 않는 역할을 뽑게 될 수도 있다고.

민주: 듣고 보니, 그렇구나. 하지만 서로 하고 싶은 배역이 겹칠 수도 있어. 또 그 배역을 누가 잘할지는 해 보지 않고 알 수 없잖아?

준수: ㉤그러면 원하는 배역을 말해 보고, 배역이 겹치면 제비뽑기로 결정하자. 그러면 우리의 생각을 반영하면서 공정하게 배역을 정할 수 있을 거야.

① ㉠에서 민주는 의견과 근거를 잘 제시했다.

② ㉡에서 지아는 의견만 제시하고 근거를 제시하지 않았다.

③ ㉢에서 선우는 예의를 지키지 않고 함부로 말했다.

④ ㉣에서 지아는 의견을 따랐을 때 일어날 수 있는 문제를 잘 예측했다.

⑤ ㉤에서 준수는 토의 주제와 상관없는 의견을 제시했다.

유형 3 토의 과정에서 의견 조정 및 결정하기

의견을 조정하는 절차에 따라 의견을 결정하는 과정에서의 문제점을 파악하는 문제입니다.

●**글의 종류** 토의 기록문

●**글의 특징** 토의 내용을 기록한 글의 일부입니다. 토의에 참여한 사람들은 인터넷에 잘못된 정보가 올라온 경우가 많은 것에 공감하며, 어떻게 해야 인터넷에서 올바른 자료를 찾을 수 있을지 토의하고 있습니다.

●**낱말 풀이**
검증된 검사하여 증명된.
출처 사물이나 말 따위가 생기거나 나온 근거.

지문 ★★☆
낱말 ★☆☆

서아: 숙제를 할 때나 궁금한 것이 생겼을 때, 인터넷에서 필요한 자료를 찾아봅니다. 그런데 잘못된 정보가 올라와 있는 경우가 많습니다.

도현: 그렇습니다. 저도 얼마 전에 궁금한 게 있어서 인터넷을 검색했는데, 책과 전혀 다른 내용을 사실처럼 써 놓은 글을 보고 깜짝 놀랐습니다.

지유: 인터넷은 누구나 정보를 올릴 수 있기 때문에 이런 문제가 발생하는 것 같습니다. 그럼 어떻게 해야 인터넷에서 올바른 정보를 찾을 수 있을까요?

준우: 인터넷에서 자료를 검색할 때는 신문 기사나 백과사전 자료만 이용해야 합니다. 그런 자료는 검증된 것이라서 믿을 만합니다.

도현: ㉠꼭 인터넷으로만 자료를 검색해야 하는 것은 아니라고 생각합니다. 책을 찾거나 어른들께 여쭈어보는 것도 좋은 방법입니다.

서아: 개인이 올려놓은 자료라도, 출처를 명확히 밝혀 놓은 자료라면 이용할 수 있다고 생각합니다. 그것은 단순히 개인의 생각과 느낌을 쓴 것이 아니니까요.

지유: 그러면 이런 방법으로 자료를 검색한다면 어떤 결과가 일어날까요? 그에 대한 의견도 나누어 보면 좋겠습니다.

서아: ㉡신문 기사나 백과사전 자료만 이용해야 한다면, 얻을 수 있는 정보의 양이 크게 줄어듭니다. 사람들이 블로그나 누리집에 올린 글에 정보가 훨씬 많습니다.

준우: 개인이 올린 자료는 출처가 없는 것이 대부분입니다. 혹 출처가 쓰여 있다고 해도 그게 정확한지 확인하는 일도 쉽지 않습니다.

지유: ㉢의견이 좀처럼 좁혀지지 않는군요. 시간이 부족해서 다음에 다시 토의를 이어 가도록 하겠습니다.

1주 3일
학습 끝!
붙임 딱지 붙여요.

1 이해

다음 ㉮~㉰의 빈칸에 들어갈 알맞은 말을 보기에서 찾아 쓰세요.

보기

의견 문제 해결책

이 글은 토의를 기록한 글로, 토의는 해결해야 할 공동의 [㉮]에 대한 [㉯]을/를 주고받은 뒤, 가장 좋은 [㉰]을/를 찾는 것입니다.

(1) ㉮: ( ) (2) ㉯: ( ) (3) ㉰: ( )

2 이해

이 토의의 주제는 무엇입니까? ( )

① 숙제를 잘하는 방법
② 인터넷을 능숙하게 이용하는 방법
③ 인터넷에서 쉽게 자료를 찾는 방법
④ 인터넷에서 올바른 정보를 찾는 방법
⑤ 바람직한 인터넷 문화를 만드는 방법

3 이해

문제를 해결하기 위해 준우가 제시한 의견과 근거를 정리해서 쓰세요.

(1) 의견: ______________________________

(2) 근거: ______________________________

4 비판

㉠~㉢에 대해 판단한 내용으로 맞으면 ○표, 틀리면 X표 하세요.

(1) ㉠에서 도현이는 토의 주제와 관련한 의견을 잘 제시했다. [ ]

(2) ㉡에서 서아는 신문 기사나 백과사전 자료만 이용했을 때의 결과를 잘 예측했다. [ ]

(3) ㉢에서 지유의 말을 통해 토의 진행과 관련하여 시간 부족 문제가 발생한 것을 알 수 있다. [ ]

04 겪은 일이 드러난 글 읽기

1주

★ 이 글에서 글쓴이가 겪은 일이 쓰여진 축구공을 골라 ○표 하세요.

"야, 이거 봐라. 아빠가 새 축구공 사 주셨다."

동현이가 축구공을 내보이며 말했다.

"오! 멋지다! 우리 운동장에 가서 차 보자."

나와 동현이는 신이 나서 학교로 향했다. 그런데 골목을 막 돌았을 때였다. 저만치에서 중학생으로 보이는 형들이 우리를 가리키며 뭐라고 이야기를 했다. 그러다 우리가 형들 곁을 지나가려는데, 앞을 가로막으며 말했다.

"축구공 완전 새것이네. 그거 잘 튕기냐?"

형들의 말에 나는 쌀쌀맞게 대답했다.

"아직 몰라요. 안 차 봐서."

그 순간, 한 형이 동현이가 들고 있던 축구공을 획 빼앗아 갔다.

"우리가 잘 튕기는지 확인해 줄게."

(1) 아빠가 나에게 새 축구공을 사 주신 일

(2) 나와 동현이가 운동장에서 축구를 한 일

(3) 나와 동현이가 중학생으로 보이는 형에게 축구공을 뺏긴 일

주제 탐구

겪은 일을 쓴 글은 '처음-가운데-끝'으로 구성되어 있습니다. 이와 같은 글을 읽을 때는 글쓴이가 겪은 일과 주제가 무엇인지 찾습니다. 대화 글, 날씨 표현, 인물 설명, 속담이나 격언, 상황 설명 등 어떤 방법으로 글머리를 시작했는지도 찾아봅니다.

1 다음 글머리에서 사용한 표현 방법을 보기 에서 골라 기호를 쓰세요.

보기
① 대화 글로 시작하기
② 날씨 표현으로 시작하기
③ 인물 설명으로 시작하기
④ 상황 설명으로 시작하기
⑤ 속담이나 격언으로 시작하기
⑥ 의성어나 의태어로 시작하기

(1) 이른 아침, 누군가 다급하게 벨을 누르며 현관문을 두드렸다.

( )

(2) 은수는 키가 크고, 목소리도 큰 아이였다.

( )

(3) 뒹굴뒹굴, 나는 심심해서 마루를 굴러다녔다.

( )

(4) '호랑이도 제 말 하면 온다'더니, 내가 승호 이야기를 꺼내자마자, 승호가 나타났다.

( )

(5) 흰 눈이 펑펑 내리는 날이었다.

( )

(6) "야, 이거 봐라. 아빠가 새 축구공 사 주셨다."
동현이가 축구공을 내보이며 말했다.

( )

2 둘 중 빈칸에 들어갈 말로 알맞은 것에 ○표 하세요.

(1) **(글감 / 주제)**은/는 글쓴이가 나타내고 싶은 생각을 말한다.

(2) 경험을 나타내는 글에서 글을 쓰는 재료가 되는 것을 **(글감 / 주제)**(이)라고 한다.

유형 1 글쓴이가 겪은 일 찾기

학교에 가기 전과 학교에 가서 글쓴이가 겪은 일이 무엇인지 파악합니다.

1 국어

이 글에서 글쓴이가 겪은 일을 모두 고르세요. (   )

"엄마, 왜 벌써 깨웠어요. 30분은 더 잘 수 있는데."
나는 투덜대며 아침을 먹었다. 가방을 챙기려고 다시 방으로 갔는데, 따뜻한 이불 속이 그리웠다.
'딱 30분만 더 자야지.'
나는 이불 속을 파고들었다. 그런데 얼마 뒤, 엄마 목소리가 들렸다.
"어머머! 학교에 간 줄 알았더니, 아직도 자고 있으면 어떡하니?"
나는 깜짝 놀라 학교를 향해 힘껏 달렸지만 지각이 분명했다. 그런데 학교에 도착해서 신발을 실내화로 갈아 신다가 또 한 번 놀라고 말았다.
"으악! 신발을 짝짝이로 신고 왔잖아!"

① 힘껏 달려서 지각을 하지 않았다.
② 일찍 깨웠다고 엄마에게 투덜댔다.
③ 아침에 일어났다가 딱 30분을 더 잤다.
④ 급하게 학교에 가느라 아침을 먹지 못했다.
⑤ 서두르다가 신발을 짝짝이로 신고 학교에 갔다.

유형 2 글머리를 시작한 방법 파악하기

짝꿍 진희에 대한 이야기로 시작한 글의 첫 문장을 살펴보고 글머리를 어떻게 시작했는지 찾습니다.

2 국어

이 글에서 글머리를 시작한 방법은 무엇입니까? (   )

내 짝꿍 진희는 얼굴에서 웃음이 떠나지 않는 명랑한 아이다. 또 내 단짝 친구이기도 하다. 그런데 오늘 아침에는 진희가 웃지도 않고, 무언가를 골똘히 생각하는 듯했다. 나는 진희에게 무슨 일이냐고 물었다.
"집을 나서다 식탁 위에 지폐가 여러 장 놓인 걸 봤어. 나도 모르게 한 장을 집어 왔는데, 아무래도 잘못한 것 같아. 엄마가 아셨을 텐데, 어쩌지?"
때마침 수업 시작종이 울려서 더는 이야기를 나누지 못했다. 나는 수업 중에 진희에게 쪽지를 써서 건넸다.
"네가 돈을 몰래 가져온 걸 엄마가 모를 수도 있잖아? 그냥 말하지 마!"
그런데 그만 그 쪽지를 선생님께 들키고 말았다.

① 대화 글로 시작하기
② 날씨 표현으로 시작하기
③ 상황 설명으로 시작하기
④ 인물 설명으로 시작하기
⑤ 속담이나 격언으로 시작하기

3 국어

이 글의 주제로 알맞은 것은 무엇입니까? (　　　)

비바람이 몰아치는 날이었다. 학교 수업이 끝나고 학원으로 가는데, 우산 안으로 자꾸만 비가 들이쳤다. 나는 우산을 앞으로 기울여 쓰고 걸음을 옮겼다. 앞이 제대로 보이지 않았지만, 비를 맞기 싫었기 때문이다. 그런데 그게 문제였다.

"어, 어!"

우당탕! 나는 길가에 세워 둔 자전거에 부딪혀, 자전거와 함께 넘어지고 말았다. 나는 인상을 찌푸리며 자리에서 일어났다. 앞쪽에 꼬맹이 세 명이 눈을 말똥거리며 나와 쓰러진 자전거를 번갈아 쳐다보는 모습이 눈에 들어왔다.

나는 넘어진 것이 창피하고 짜증스럽기도 했다. 얼른 쓰러진 자전거를 세운 뒤, 자리를 뜨고 싶었다. 그런데 자전거가 크고 무거워서 좀처럼 바로 세울 수가 없었다. 그때였다.

"우리가 저 형아 도와주자!"

"그래."

꼬마 셋이 나를 향해 달려왔다. 나는 코웃음을 쳤다.

"너희 힘으로는 안 돼. 걸리적거리니까 그냥 저리 가."

그런데 뜻밖의 일이 벌어졌다. 세 꼬마가 힘을 합해서 자전거를 밀어 올려 준 덕분에 쓰러진 자전거를 바로 세울 수 있었던 거다.

① 다른 사람을 배려해야 한다.
② 나쁜 일이 좋은 일로 바뀔 수도 있다.
③ 어려울 때 돕는 친구가 참된 친구이다.
④ 보잘것없다고 해서 사람을 무시하면 안 된다.
⑤ 남의 물건을 내 물건처럼 소중하게 여겨야 한다.

유형 3 글의 주제 파악하기

글쓴이와 부딪혀 쓰러진 자전거를 세 꼬마가 세워 준 일을 통해 나타내려는 주제를 찾습니다.

●글의 종류 생활문

●글의 특징 이 글은 글쓴이가 선생님이 내 주신 행복 찾기 숙제를 하면서 종석이의 종이를 보고 자신이 많은 행복을 놓치고 있다는 것을 깨달은 경험을 담은 글입니다.

지문 ★☆☆

낱말 ★☆☆

일주일 전, 선생님께서 우리에게 네잎클로버 스티커를 나눠 주시며 말씀하셨다.

"다음 주 이 시간까지 행복한 일이 있을 때마다 스티커를 하나씩 떼어서 붙이고, 무슨 일로 행복했는지 적어 오세요."

일주일은 눈 깜짝할 사이에 지나갔다. 그사이 나는 겨우 스티커 두 개를 붙일 수 있었다. 그리고 종이에 행복한 일을 적었다.

♣ 영어 학원에서 단어 시험을 봤는데 만점을 받아 좋았다.
♣ 시골에서 올라오신 할머니께 용돈을 듬뿍 받아서 행복했다.

이윽고 오늘, 숙제를 꺼내 놓으며 나는 친구들과 투덜댔다.

"이 숙제 어렵지 않냐? 특별히 행복한 일이 있어야 말이지."

"맞아, 나도 그랬어."

친구들의 종이에도 스티커가 서너 개 정도 붙어 있었다. 그런데! 내 뒤에 앉은 종석이의 종이는 좀 달랐다. 글이 빽빽이 쓰여 있고, 스티커도 스무 개 가까이 붙어 있었다. 나는 깜짝 놀라서 종석이의 종이를 살펴봤다. 글을 읽는 순간, 나는 머리를 한 대 얻어맞은 것 같았다.

♣ 며칠 동안 비가 내렸는데, 오늘은 해가 반짝 나서 행복했다.
♣ 냉면을 먹으러 갔는데 달걀 반쪽을 두 개나 얹어 주셔서 행복했다.
♣ 우리 집 강아지랑 산책을 해서 즐거웠다. …….

나도 종석이가 적은 것과 비슷한 일을 꽤 겪었다. 하지만 나는 그게 행복인 줄 몰랐고, 종석이는 알았던 거다. 종석이의 글을 읽으며, 나는 많은 행복을 놓치고 있다는 것을 깨달았다.

1주 4일
학습 끝!
붙임 딱지 붙여요.

1 이해

이 글의 글감으로 알맞은 것은 무엇입니까? (　　　)

① 선생님　② 종석이
③ 네잎클로버　④ 지난 일주일
⑤ 행복 찾기 숙제

2 이해

이 글에서 글쓴이가 겪은 일로 맞으면 ○표, 틀리면 X표 하세요.

(1) 영어 단어 시험에서 만점을 받았다. (　　　)
(2) 종석이의 종이를 보고 깜짝 놀랐다. (　　　)
(3) 행복 찾기 숙제가 어렵다고 생각했다. (　　　)
(4) 강아지와 산책을 하며 즐겁다고 느꼈다. (　　　)

3 이해

이 글의 주제로 알맞은 것은 무엇입니까? (　　　)

① 희망에서 행복이 싹튼다.
② 사소한 즐거움도 행복이 될 수 있다.
③ 행복을 찾지 말고 행운을 찾아야 한다.
④ 지금 행복하지 않으면 나중에도 행복할 수 없다.
⑤ 다른 사람의 불행을 나의 행복으로 여기는 사람이 있다.

4 구조

이 글에서 글머리를 시작한 방법으로 알맞은 것은 무엇입니까? (　　　)

① 대화 글로 시작하기　② 날씨 표현으로 시작하기
③ 상황 설명으로 시작하기　④ 인물 설명으로 시작하기
⑤ 속담이나 격언으로 시작하기

매체의 특성에 알맞은 방법으로 읽기

★ 다음 매체의 종류에 해당하는 것을 선으로 이으세요.

④ 영화

① 책

(1) 인쇄 매체

⑤ 신문

② 문자 메시지

(2) 영상 매체

⑥ 누리 통신망(SNS)

③ 텔레비전 뉴스

(3) 전자 매체

⑦ 잡지

주제 탐구

우리 주변에는 인쇄 매체, 영상 매체, 전자 매체 등 다양한 매체가 있습니다. 인쇄 매체는 글과 그림, 사진을 잘 살펴봅니다. 영상 매체는 화면 구성을 잘 살피고, 소리 정보를 파악합니다. 전자 매체는 글, 그림, 사진과 함께 화면 구성과 소리 정보도 파악합니다.

1 다음 내용이 어떤 매체의 특성으로 알맞은지 보기에서 골라 쓰세요.

보기
인쇄 매체 영상 매체 전자 매체

(1) 최종 사용자가 콘텐츠에 접근할 수 있도록 전자 기기의 힘을 이용하는 매체이다. 동영상, 문자, 음성, 음향 등 인쇄 매체와 영상 매체의 표현 수단을 모두 활용할 수 있다.

(2) 대량 인쇄하는 매체로, 다른 매체에 비해 보존이 쉽고 반복해서 볼 수 있다. 글, 그림, 사진 등을 표현 수단으로 한다.

(3) 시각과 청각을 모두 이용하는 매체로, 영상을 수신자에게 전달하는 방식을 취한다. 동영상, 문자, 음성, 음악, 음향 등을 표현 수단으로 한다.

2 다음 매체를 읽을 때 주로 살펴볼 것에 모두 ○표 하세요.

(1) 글과 사진을 잘 살펴본다. ( )
(2) 문자와 함께 그림말을 눈여겨본다. ( )
(3) 화면 연출 기법의 의미를 생각하며 읽는다. ( )
(4) 장면과 어우러지는 음악이나 음향의 의미를 생각해 본다. ( )

유형 1 인쇄 매체를 읽는 방법 찾기

신문이나 잡지와 같은 인쇄 매체를 읽을 때 집중해야 할 부분을 찾습니다.

유용한 쓸모가 있는.
예년 보통의 해.

1

사회

이 내용을 이해하려면 어디에 집중해야 할지 모두 고르세요. (　　　　)

국제　　○○ 신문　　20○○년 8월 11일 화요일

물 위를 달리는 개썰매

눈과 얼음으로 뒤덮인 그린란드에서는 개썰매가 유용한 교통 수단이다. 그런데 최근 눈밭이 아니라 물 위를 달리는 듯한 개썰매 사진이 공개되어 화제다. 지구 온난화로 인해 그린란드의 빙하가 예년보다 빨리 녹으면서 벌어진 일이다. 그린란드에서는 이 사진을 찍은 날 하루에만 20억 톤의 빙하가 녹았다고 한다.

△△△기자

① 글　② 음악　③ 사진
④ 음향　⑤ 그림말

유형 2 영상 매체의 장면 파악하기

영화나 드라마 같은 영상 매체에서 화면의 연출과 자막, 소리 등을 눈여겨보며 어떤 상황인지 파악하는 문제입니다.

2

국어

㉮, ㉯를 설명한 내용을 읽고 알맞은 장면의 기호를 쓰세요.

(1) 인물의 놀란 표정을 가까이에서 보여 주고 있다. (　　)
(2) 자막을 통해 시간과 장소를 정확히 전달하고 있다. (　　)
(3) 로봇과 사람들의 모습으로 시대 상황을 알려 주고 있다. (　　)
(4) 인물의 마음속 말로 놀라운 일이 일어났음을 알리고 있다. (　　)

3 다음 매체의 특성이 아닌 것은 무엇입니까? (   )

국어

① 문자와 그림말을 사용할 수 있다.
② 전자 기기의 힘을 이용하는 매체이다.
③ 동영상을 표현 수단으로 활용할 수 있다.
④ 대량 인쇄하므로, 다른 매체에 비해 보존이 쉽다.
⑤ 인쇄 매체와 영상 매체의 표현 수단을 모두 활용할 수 있다.

유형 3 전자 매체의 특성 파악하기

동영상, 문자, 음성, 음향 등 다양한 표현 수단을 활용하는 전자 매체의 특성을 찾습니다.

● **글의 종류** 기사문

● **글의 특징** 이 글은 멸종 위기 동물인 금개구리 600마리를 국립 생태원에 방사한다는 내용의 기사문입니다. 금개구리의 모습을 사진으로 보여 주고, 금개구리의 특징과 금개구리 수가 감소한 까닭에 대해서도 알려 줍니다.

● **낱말 풀이**

방사한다 가두거나 매어 두지 않고 풀어놓아 기른다.
고유종 어느 한 지역에만 있는, 특정한 생물의 종.
저지대 낮은 지대.
논도랑 논에 물을 대거나 논바닥의 물을 빼기 위하여 논의 가장자리에 낸 작은 도랑.
서식지 생물 따위가 일정한 곳에 자리를 잡고 사는 곳.
외래종 다른 나라에서 들어온 씨나 품종.
개체 하나의 독립된 생물체.

지문 ★★☆

낱말 ★★☆

환경 ○○ 신문 20○○년 5월 18일 화요일

멸종 위기 동물인 금개구리 600마리, 자연의 품으로

환경부가 19일부터 충남 서천군 국립 생태원에 멸종 위기 동물인 금개구리 600마리를 방사한다. 금개구리는 우리나라 고유종으로, 등이 밝은 초록색이고 배는 금색을 띤다. 등 양쪽에 금색 줄이 불룩하게 솟아 있어서 '금줄개구리'로도 불린다. 크기는 약 6센티미터로 작은 편인데, 암컷이 수컷보다 크다. 주로 저지대의 논과 논도랑, 습지 등에 산다.

예전에는 논에서 금개구리를 쉽게 볼 수 있었다. 그러나 농약 사용이 늘고, 개발로 인해 서식지가 파괴되면서 금개구리의 수가 급격히 줄어들었다. 여기에 외래종인 황소개구리가 들어와 금개구리를 마구 잡아먹은 것도 개체 수 감소의 원인으로 꼽힌다. 금개구리는 1998년부터 멸종 위기 동물 2급으로 지정되어 보호받고 있다.

환경부는 '멸종 위기 야생 생물 보전 종합 계획'을 세워서 진행하고 있는데, ㉠금개구리 방사도 이 계획에 따른 것이다. 이번에 국립 생태원에 방사하는 금개구리는 알에서 깨어난 지 4개월 된 것으로 다 자랄 때까지 3~4년이 걸린다. 방사를 진행한 연구진은 앞으로 3년 간 금개구리가 잘 자라는지, 환경에 잘 적응하는지 살필 계획이라고 밝혔다.

1 이해

이 매체를 읽는 방법으로 알맞은 것은 무엇입니까? (　　　)

① 글과 그림말을 눈여겨본다.
② 글과 사진을 함께 잘 살펴본다.
③ 화면 연출 기법의 의미를 생각하며 읽는다.
④ 비슷한 매체인 잡지, 책과 비교하며 읽는다.
⑤ 장면과 어우러지는 음악의 의미를 생각하며 읽는다.

1주 5일 학습 끝!
붙임 딱지 붙여요.

2 이해

금개구리에 대한 설명으로 알맞지 않은 것은 무엇입니까? (　　　)

① 우리나라 고유종이다.
② 등이 밝은 초록색이고 배는 금색이다.
③ 멸종 위기 동물 2급으로 지정되어 있다.
④ 크기는 작은 편인데, 수컷이 암컷보다 크다.
⑤ 등에 금색 줄이 있어서 '금줄개구리'로도 불린다.

3 추론

㉮~㉱ 중 금개구리의 주된 서식지가 아닌 곳의 기호를 쓰세요. (　　　　)

㉮

㉯

㉰

㉱

4 추론

㉠을 하는 까닭으로 알맞은 것에 ○표 하세요.

(1) 금개구리를 사육하는 것이 어렵기 때문이다. (　　　)
(2) 금개구리의 멸종 원인을 파악하기 위해서이다. (　　　)
(3) 금개구리가 예전처럼 많이 살 수 있는 방법을 찾기 위해서이다. (　　　)

우리가 잘 몰랐던 순우리말

'순우리말'은 옛날부터 본디 있어 온 우리나라 말이에요. 그래서 순우리말을 '토박이말'이라고도 하지요. 우리나라 말은 한자의 영향으로 한자로 만들어진 말이 많은데 순우리말은 우리 고유의 말이라서 한자로 바꿀 수 없어요. 요즘처럼 외국어와 외래어가 늘어나는 상황에서는 순우리말이 사라지지 않도록 지키고 가꾸어야 해요.

우리가 잘 몰랐던 순우리말

- **글구멍** '글이 들어가는 머리 구멍'이라는 뜻으로, 글을 잘 이해하는 지혜를 이르는 말이에요. 예 계속 노력하더니 글구멍이 트였구나.
- **윤슬** '햇빛이나 달빛에 비치어 반짝이는 잔물결'을 뜻해요.
  예 고향의 봄바다에 반짝이는 윤슬이 아름답다.
- **나비잠** '갓난아이가 두 팔을 머리 위로 벌리고 자는 잠'을 말해요.
  예 나비잠을 자던 아기가 갑자기 울기 시작했다.
- **시나브로** '모르는 사이에 조금씩 조금씩'이라는 뜻이에요.
  예 낙엽이 시나브로 발밑에 쌓였다.
- **온새미** 가르거나 쪼개지 않은 생긴 그대로의 상태를 말해요.
  예 아버지는 통나무를 온새미로 들고 옮기셨다.
- **사랑옵다** 생김새나 행동이 사랑을 느낄 정도로 귀엽다는 뜻이에요.
  예 너 정말 사랑옵다.

1 다음 뜻에 어울리는 순우리말을 찾아 선으로 이으세요.

(1) 갓난아이가 두 팔을 머리 위로 벌리고 자는 모습 •　　　　• ① 윤슬

(2) 햇빛이나 달빛에 비치어 반짝이는 잔물결 •　　　　• ② 나비잠

2 다음 빈칸에 알맞은 순우리말을 보기에서 골라 쓰세요.

보기

사랑오워　　시나브로　　온새미로

(1) 부슬부슬 내리는 비에 (　　　　　　) 옷이 젖었다.

(2) 밥상에는 통닭 한 마리가 (　　　　　　) 올라왔다.

(3) 동생이 엉덩이춤을 추는 모습이 (　　　　　　) 웃음이 났다.

이번 주 나의 독해력은?	
	이번 주 학습을 모두 끝마쳤나요?
	글쓴이의 관점을 파악할 수 있나요?
	매체의 특성에 알맞은 방법으로 읽을 수 있나요?

정답 1. (1) ② (2) ① 2. (1) 시나브로 (2) 온새미로 (3) 사랑오워

PART 2

추론 독해

글에 숨겨진 정보를 짐작해 보고 생략된 내용이나 숨겨진 주제,
글을 쓴 목적을 찾아보며 읽어요.
그리고 글에 드러난 관점이나 글쓴이의 주장과 근거,
표현 방법 등을 비판하며 읽는 방법도 배워요.

contents

지식이나 경험을 활용해 글 읽기

★ 이 글과 관련한 경험을 알맞게 떠올린 친구를 모두 찾아 ○표 하세요.

박물관

박물관의 종류는 아주 다양해요. '자연사 박물관'은 자연의 역사에 대해 알려 주는 곳이에요. 이곳에 가면 갖가지 동식물이나 공룡처럼 옛날에 살았던 생물에 대해서 알 수 있어요. '민속 박물관'은 옛사람들이 남긴 유물을 만날 수 있는 곳이고, '화폐 박물관'은 화폐에 대해 자세히 알려 주는 곳이지요. 아름다운 그림이나 조각 작품을 전시하는 '미술관'도 박물관의 한 종류랍니다.

박물관에서는 물건을 전시하는 일 외에도 여러 가지 일을 해요. 유적지에서 유물을 발굴하는 데 참여해요. 또, 찾은 유물을 옛 모습대로 복원하는 일을 하고, 오래도록 변함없이 보존하는 노력도 기울여요. 이런 박물관의 노력 덕분에 우리는 많은 것을 보고, 배우고, 느낄 수 있지요.

(1) 얼마 전에 공룡 박물관에 갔었는데, 그때 사람보다 작은 공룡이 있었다는 것을 알게 됐어.

(2) 박물관은 전시만 하는 줄 알았는데, 그 밖에도 여러 가지 일을 한다니 놀랍다.

(3) 글을 읽고 철도 박물관에 갔던 일이 떠올랐어. 그곳에서 다양한 기차를 봤지.

주제 탐구

지식이나 경험을 활용해 글을 읽으면 내용을 더 잘 이해하고, 글 내용에 집중할 수 있습니다. 글의 제목을 보고 어떤 내용일지 짐작해 봅니다. 글을 읽으며 글과 관련한 지식이나 경험을 떠올려 보고, 잘 모르는 내용이 나오면 정보를 찾아 가며 읽습니다.

1 **「박물관」을 읽을 때 활용할 지식으로 맞으면 ○표, 틀리면 X표 하세요.**

(1) '짚풀 생활사 박물관'은 조상들이 짚과 풀을 이용해서 만든 갖가지 물건을 만날 수 있는 곳입니다.

(2) 화폐는 우리가 '돈'이라고 부르는 동전이나 지폐입니다. 어떤 물건이 지닌 가치의 척도가 되며, 교환의 수단으로 쓰입니다.

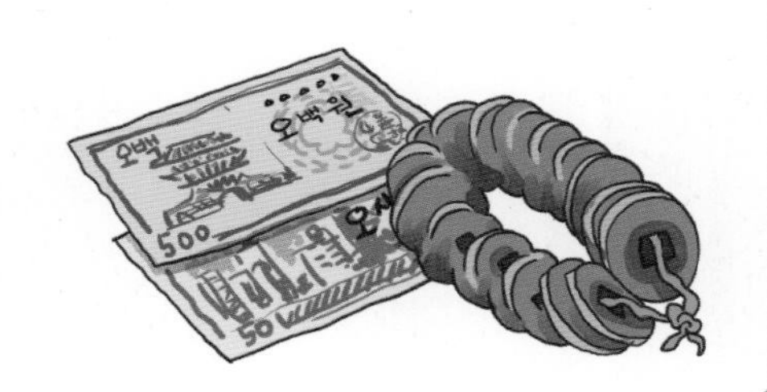

(3) 우리나라의 멸종 위기 동물에는 늑대, 대륙사슴, 반달가슴곰, 붉은박쥐, 사향노루, 산양, 수달, 스라소니, 여우, 표범, 호랑이 등이 있습니다.

(4) 박물관에서는 모은 자료를 잘 정리하여 분류하고, 전문가가 연구를 통해 자료의 가치를 밝혀내는 일을 합니다.

2 **보기 는 「박물관」을 읽으며 쓴 내용이에요. 새롭게 안 것과 알고 싶은 것으로 나누어 기호를 쓰세요.**

보기

㉮ 박물관은 언제 처음 생겼을까?
㉯ 우리나라에는 어떤 박물관들이 있을까?
㉰ 미술관도 박물관에 속한다는 것을 알았다.
㉱ 다른 다양한 박물관에는 어떤 것들이 있는지 궁금하다.
㉲ 박물관에서 유물을 복원하는 일도 한다는 것을 알았다.

(1) 새롭게 안 것: (   )　　(2) 알고 싶은 것: (   )

유형 1 글의 제목에서 내용 짐작하기

글의 제목을 보고 어떤 내용일지 짐작하고 예측하는 문제입니다.

꾸덕꾸덕 물기 있는 물체의 거죽이 조금 마르거나 얼어서 꽤 굳어진 상태.

1 이 글의 제목을 보고 내용을 알맞게 짐작한 것에 ○표 하세요.

국어

이름 많은 명태

명태는 차가운 바다에서 사는 물고기야. 우리나라 사람들은 명태를 다양한 이름으로 불러. 생태, 동태, 북어, 황태, 코다리, 노가리 등 이름이 수십 가지나 돼.

잡은 지 얼마 안 되어 싱싱한 명태는 '생태'라고 불러. 꽁꽁 얼린 명태는 '동태'라고 하지. 말린 명태는 '북어'라고 부르는데, 말리는 방법에 따라 부르는 이름이 달라. 겨울에 찬바람과 눈을 맞고 얼었다 녹기를 반복하면서 노랗게 마른 북어는 '황태'라고 해. 내장을 빼고 네다섯 마리씩 꿰어 꾸덕꾸덕 말린 것은 '코다리'야. '노가리'는 어린 명태를 부르는 이름이란다.

(1) 명태의 습성과 사는 곳을 알려 주는 글이다. ( )
(2) 동물의 이름을 만드는 방법을 알려 주는 글이다. ( )
(3) 명태를 부르는 여러 가지 이름을 알려 주는 글이다. ( )

유형 2 글의 내용과 관련 있는 지식이나 경험 떠올리기

우리나라의 자연환경과 인문 환경을 이용한 축제를 설명한 글을 읽으며 이와 관련 있는 지식이나 경험을 찾는 문제입니다.

2 글과 관련한 지식이나 경험을 떠올리지 못한 친구는 누구입니까? ( )

사회

우리나라의 여러 고장에서 자연환경이나 인문 환경을 이용한 축제를 벌이고 있다. 자연환경은 산과 들, 강, 바다, 갯벌 등 자연의 여러 조건을 두루 이르는 말이다. 자연환경을 이용한 축제로는 '태백산 눈 축제', '보령 머드 축제', '담양 대나무 축제', '부산 바다 축제' 등이 있다. 인문 환경은 사람이 만들어 낸 환경이다. 판소리와 탈춤 같은 전통문화, 건축물, 지역의 대표 음식 등이 인문 환경에 속한다. 인문 환경을 이용한 축제로는 '수원 화성 문화제', '강릉 단오제', '안동 국제 탈춤 페스티벌' 등이 있다.

① 지은: 태백산 눈 축제에 간 적이 있어.
② 동현: 수원 화성은 정조 임금이 만들었어.
③ 용민: 중국에 여행 갔을 때 대나무 숲에 간 적이 있어.
④ 남진: 탈춤은 탈을 쓰고 춤을 추면서 하는 전통 연극이야.
⑤ 채원: 강릉 단오제는 음력 5월 5일인 단오 무렵에 벌어져.

3 이 글을 읽고 기록한 내용을 **보기** 의 항목에 따라 분류해서 기호를 쓰세요.

국어

계절에 따라 방향이 바뀌는 바람, 계절풍

계절풍이란 계절에 따라 방향이 바뀌는 바람이에요. 계절풍은 우리나라가 속한 동아시아와 인도, 동남아시아 지역에서 주로 나타나요. 계절풍을 '몬순(monsoon)'이라고도 부르지요.

계절풍은 육지와 바다의 온도 차이 때문에 나타나요. 공기의 기온이 낮은 곳에는 고기압이 형성되고, 공기의 기온이 높은 곳에는 저기압이 형성돼요. 이때 바람은 고기압에서 저기압으로 불지요.

여름에는 육지가 바다보다 빨리 뜨거워져서 육지에 저기압이 생기고, 바다에 고기압이 생겨요. 그래서 바다에서 육지로 바람이 불어요. 반면 겨울에는 육지가 바다보다 빨리 차가워져서 육지에 고기압이 생기고, 바다에 저기압이 생겨요. 그러니 육지에서 바다로 바람이 불지요.

여름 계절풍은 바다에서 불어오는 바람이라서 습기가 많아요. 겨울 계절풍은 육지에서 불어오기 때문에 습기가 없어 건조하답니다.

우리나라의 여름 계절풍

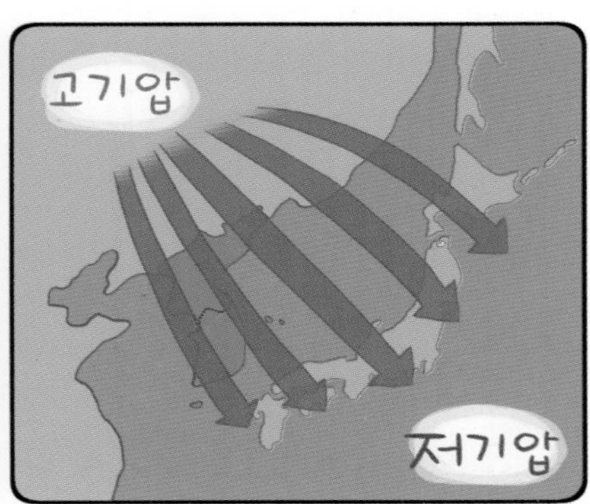

우리나라의 겨울 계절풍

보기

㉮ 알고 싶은 것 ㉯ 짐작한 것 ㉰ 새롭게 안 것

(1) 계절풍을 몬순이라고 부르는 까닭이 궁금했어. ( )

(2) 바람이 고기압에서 저기압으로 분다는 것을 알게 되었어. ( )

(3) 계절풍이라는 말에서 계절과 관련한 바람이라고 짐작했어. ( )

(4) 여름에는 바다에서 육지로 바람이 불어오고, 겨울에는 육지에서 바다로 바람이 분다는 것이 신기해. ( )

유형 3 글을 읽으며 기록한 내용 분류하기

글을 읽으며 기록한 내용들을 알고 싶은 것, 짐작한 것, 새롭게 알게 된 것으로 분류합니다.

●**글의 종류** 설명문

●**글의 특징** 예로부터 우리 조상들이 중요하게 여긴 예식이었던 관혼상제를 오늘날과 비교하여 자세히 설명한 글입니다.

●**중심 내용**
1문단 관혼상제는 관례, 혼례, 상례, 제례를 아우르는 말로, 예로부터 개인과 가정에서 중요하게 여긴 예식임.
2문단 관례는 성년이 되었다는 의미로 치르는 예식임.
3문단 혼례는 결혼식을 치르는 예식임.
4문단 상례는 사람이 죽었을 때 치르는 예식임.
5문단 제례는 돌아가신 조상님을 기리는 예식으로, '제사'라고도 함.

●**낱말 풀이**
예식 예법에 따라 치르는 의식을 말함.
상투 예전에, 장가든 남자가 머리털을 끌어 올려서 정수리 위에 틀어 감아 맨 것.
문상 남의 죽음에 대하여 슬퍼하는 뜻을 드러내고 가족을 위로함.
간소하게 간략하고 꾸밈 없이 수수하게.

관혼상제

지문 ★★★
낱말 ★★☆

'관혼상제'라는 말을 들어 보았나요? 관혼상제는 관례, 혼례, 상례, 제례를 아울러 일컫는 말이에요. 한 사람이 일생을 살면서 치르는 중요한 예식이자, 예로부터 우리 조상들이 중요하게 여긴 가정 행사이지요.

관례는 성인이 되었다는 의미로 치르는 예식이에요. 옛날에는 남자아이가 자라서 열다섯 살이 넘으면, 머리를 빗어 올려 상투를 틀고 갓을 쓰는 관례를 치렀어요. 여자의 관례는 '계례'라고 부르는데, 머리를 올려 쪽을 지고 비녀를 꽂는 거예요. 관례는 주로 양반 계층에서 이루어졌어요. 관례를 치른 뒤에는 어른으로 대우를 받았지요. 오늘날에는 관례를 치르는 대신 '성년의 날'이라고 하여 성인이 된 것을 축하하는 날이 있어요.

혼례는 결혼식을 말해요. 두 사람이 부부가 되어 함께하기를 약속하는 예식이지요. 옛날에는 신랑이 신부 집에 가서 혼례식을 치렀어요. 그러나 오늘날에는 보통 예식장에서 결혼식을 치러요.

상례는 사람이 죽었을 때 치르는 예식이에요. '장례'라고도 부르지요. 옛날에는 가족이 세상을 떠나면 남은 가족이 삼베로 만든 상복을 입고, 문상 온 손님을 맞이했어요. 부모님이 돌아가시면 자식들이 3년 동안 상복을 입고 부모의 묘를 지키기도 했지요. 오늘날에는 주로 장례식장에서 장례를 치러요.

제례는 돌아가신 조상을 기리기 위해 치르는 예식이에요. 흔히 '제사'라고 하지요. 옛날에는 해마다 조상님이 돌아가신 날이면 친척이 모두 모이고, 많은 음식을 장만해 제사를 지냈어요. 오늘날에는 옛날에 비해 비교적 간소하게 제사를 지내거나 다른 방법으로 조상을 기리기도 해요.

1 추론

㉮~㉰ 중 제목에서 짐작할 수 없는 내용을 말한 것의 기호를 쓰세요. ( )

㉮ 관혼상제가 무엇인지 뜻과 함께 자세히 알려 줄 것 같아.
㉯ 관혼상제라는 우리나라 고대에 살았던 왕에 대해 알려 줄 것 같아.
㉰ 관혼상제라는 관례, 혼례, 상례, 제례의 예식에 대해 알려 줄 것 같아.

2주 1일 학습 끝!

붙임 딱지 붙여요.

2 이해

이 글의 중심 낱말은 무엇입니까? ( )

① 관례 ② 예식 ③ 관혼상제
④ 가정 행사 ⑤ 상례와 제례

3 이해

이 글의 내용으로 알맞지 않은 것은 무엇입니까? ( )

① 상례를 '장례'라고도 부른다.
② 관례는 주로 양반 계층에서 이루어졌다.
③ 계례 때 여자는 머리를 빗어 올려 상투를 튼다.
④ 제례는 돌아가신 조상을 기리기 위한 예식이다.
⑤ 옛날에는 주로 신랑이 신부 집에 가서 혼례식을 치렀다.

4 추론

이 글을 읽을 때 활용할 지식이나 경험으로 맞으면 ○표, 틀리면 X표 하세요.

(1) 삼촌의 결혼식에 참석한 적이 있어. [ ]

(2) 설날이 되면 친척들이 모두 할아버지가 계신 우리 집에 모여. [ ]

(3) 양반은 고려 시대와 조선 시대의 지배 계급이었던 신분층이야. [ ]

(4) 옛날에는 부모님이 돌아가셨을 때 자식이 3년 동안 산소 근처에 움막을 짓고 산소를 돌보았대. [ ]

인물을 소개하는 글 읽기

★ 다음 인물을 소개하는 글을 읽고, 해당하는 인물의 이름을 쓰세요.

(1) 고구려의 제19대 왕으로, 이름은 담덕이에요. 백제의 성을 무너뜨리고 거란과 중국까지 공격하여 고구려의 영토를 남북으로 크게 넓혔어요.

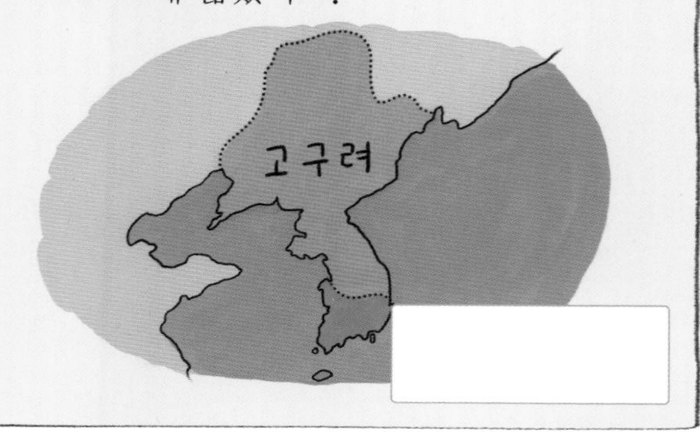

(2) 백열전구와 축음기, 영사기 등 자그마치 1,000여 가지나 되는 발명을 한 미국의 발명가예요. 어린 시절, 병아리를 부화시키려고 알을 품었다는 일화가 유명해요.

(3) 프랑스의 곤충학자로, 교사 일을 하는 틈틈이 곤충을 관찰하고 연구한 결과를 『곤충기』라는 책으로 펴냈지요. 100년 전에 나온 『곤충기』는 지금까지 사랑받고 있는 책이에요.

(4) "말이 오르면 나라도 오르고 말이 내리면 나라도 내린다."며 일제 강점기에 우리말과 글을 지켜 낸 국어학자예요. 한글 맞춤법을 정리, 통일하고 훈민정음에 '한글'이라는 우리말 이름을 붙였어요.

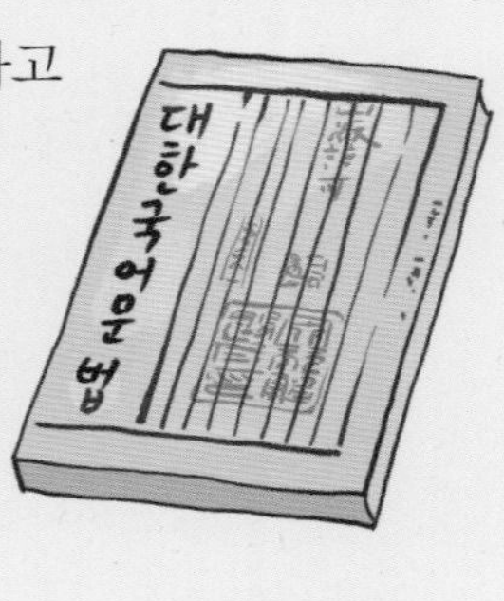

주제 탐구

전기문은 인물의 생애와 업적, 생각, 성격 등을 소개하여 우리에게 감동과 교훈을 주는 글입니다. 전기문을 읽으며 인물이 한 일이 무엇인지 알아보고, 인물의 생각이나 성격도 파악해 봅니다. 또한 인물에게서 본받을 점이 무엇인지 생각해 봅니다.

● (1~2) 다음을 읽고 물음에 답하세요.

김홍도는 조선 시대인 1745년에 태어났어요. 어려서부터 그림 그리기를 좋아했지요. 당시에는 화가를 천한 일을 하는 사람으로 업신여겼지만, 김홍도는 아랑곳하지 않고 붓을 들었어요. 그림 그리는 일을 담당하던 관청인 도화서에 들어가 화원이 되었지요. 김홍도는 인물화, 동물화, 자연 경관을 그린 산수화, 불교와 관련한 그림인 불화에 이르기까지 모든 종류의 그림을 잘 그렸어요.

김홍도, 「대장간」

당시 최고의 화가였던 김홍도는 아무도 그리지 않았던 소박한 백성의 삶도 화폭에 담았어요. 대장간에서 연장을 만드는 모습, 밭을 갈고 타작을 하는 모습, 물을 긷고 빨래를 하는 모습, 씨름을 하는 모습 등을 그린 거예요. 이런 그림을 '풍속화'라고 하는데, 김홍도의 풍속화는 생생하고 해학이 넘쳐요. 김홍도의 풍속화는 조선 시대를 연구하는 데 소중한 자료가 되고 있어요.

1 이 글에서 인물이 한 일이 맞으면 ○표, 틀리면 X표 하세요.

(1) 어려서부터 그림 그리기를 좋아했다. ( )
(2) 그림 그리는 관청인 도화서를 만들었다. ( )
(3) 백성의 삶을 담은 풍속화를 많이 남겼다. ( )
(4) 인물화나 산수화보다는 풍속화를 잘 그렸다. ( )

2 김홍도에게 본받을 점을 알맞게 말한 친구에 ○표 하세요.

(1) 모든 종류의 그림을 잘 그리는 점을 본받고 싶어.

(2) 풍속화를 그려서 조선 시대를 연구한 점이 훌륭한 것 같아.

(3) 사람들의 편견에 아랑곳하지 않고, 자신이 하고 싶은 일을 선택한 점을 본받아야겠어.

유형 1 인물이 한 일 알기

우장춘 박사가 우리나라의 농업 발전을 위해 한 일을 찾아봅니다.

병충해 농작물이 병과 해충으로 인하여 입은 피해.
종자 식물의 씨앗.
개량하기 나쁜 점을 보완하여 더 좋게 고치기.

1 이 글에서 우장춘이 한 일을 모두 고르세요. (　　　　　　)

국어

1950년, 우장춘은 한국으로 오는 배에 몸을 실었다.
"우 박사님, 박사님의 어머니는 일본인이잖습니까? 일본에서 편안히 생활하시지 뭐 하러 가난한 한국으로 가십니까?"
"아버지의 나라이자, 나의 조국을 위해 할 일이 있기 때문이라네."
한국으로 온 우장춘은 '한국 농업 과학 연구소'의 소장을 맡았다.
이때까지만 해도 우리나라에서는 채소의 수확량이 좋지 않았다. 농민들은 비싼 값을 주고 일본에서 병충해에 강한 종자를 들여오기도 했다. 우장춘은 연구소에서 사람들이 많이 먹는 벼, 배추, 무 등의 품종을 개량하기 시작했다. 이윽고 병충해에 강하면서 생산량이 많은 종자를 만드는 데 성공한 우장춘은 이를 전국의 농민들에게 보급했다.

① 조국의 독립을 위해 힘썼다.
② 벼, 배추, 무 등의 품종을 개량했다.
③ 한국 농업 과학 연구소의 소장을 맡았다.
④ 일본에서 병충해에 강한 종자를 사 왔다.
⑤ 병충해에 강하고 생산량이 많은 종자를 만들었다.

유형 2 인물의 성격 파악하기

목숨이 위태로운 상황에서도 친일파의 도움을 거절한 독립운동가 신채호의 성격을 파악합니다.

부호 재산이 넉넉하고 세력이 있는 사람.
보증인 어떤 사물이나 사람에 대하여 책임지고 틀림이 없음을 증명하는 사람을 이름.
출옥시키려고 감옥에서 나오게 하려고.

2 이 글에서 알 수 있는 신채호의 성격은 어떠합니까? (　　　　)

국어

독립운동을 벌이던 신채호는 일제 경찰에 체포되고 말았다. 신채호는 감옥에 7년 동안이나 갇혀 있었다. 겨울이면 영하 20도까지 떨어지는 감옥에서 여러 해를 보낸 탓에 신채호의 건강은 걷잡을 수 없이 나빠졌다.
병이 깊어진 것을 걱정한 가족들은 영향력 있는 부호를 보증인으로 세워 신채호를 출옥시키려고 했다. 그러나 신채호는 받아들이지 않았다.
"그는 일제의 이익을 위해 앞장선 친일파가 아닌가? 친일파의 도움으로 목숨을 이어 가느니, 이대로 죽는 것이 낫다!"
결국 신채호는 1936년 뤼순 감옥에서 눈을 감았다.

① 무심하다　② 강직하다　③ 괴팍하다
④ 너그럽다　⑤ 우유부단하다

3 이 인물에게 본받을 점을 알맞게 말하지 못한 친구에 ○표 하세요.

국어

1944년, 어느 비 오는 날 오후였다. 로스앤젤레스에 사는 열다섯 살 소년 존 고다드는 노란색 종이를 가져와 탁자에 앉았다. 종이 맨 위에는 '나의 인생 목표'라고 쓴 뒤, 아래에 앞으로 자신이 이루고 싶은 꿈을 써 내려가기 시작했다. '1분에 50자 타자하기', '영화 스튜디오 구경'처럼 비교적 쉬운 일도 있고, '에베레스트산 등반', '비행기 조종술 배우기', '늪지대 탐험'과 '암벽 등반'처럼 어려운 일도 있었다. 또, '원시 부족의 의약품을 공부해 유용한 것들 가져오기'나 '독사의 독 빼내기'처럼 황당한 것도 있었다. 이렇게 적어 내려간 것이 127개나 되었다.

존 고다드가 인생 목표를 적게 된 것은 할머니가 숙모와 차를 마시며 "내가 젊었을 때, 이걸 했더라면." 하는 이야기를 듣고 나서였다. 그때 소년 고다드는 생각했다.

'나는 커서 무엇을 했더라면 하는 후회를 하지 않을 거야.'

존 고다드는 목표들을 이루기 위한 노력을 시작했다. 무언가를 배우고 익히는 길고 지루한 시간을 견디고, 탐험에 나섰다가 생명이 위험할 만큼 어려운 고비도 여러 번 넘겼다. 실패하더라도 결코 포기하지 않으며 127개 가운데 111개의 목표를 이루어 냈다. 나이를 먹어 가면서 그의 꿈은 500개로 늘어났다. 그리고 그는 어느새 세계에서 가장 유명한 탐험가이자, 인류학자, 다큐멘터리 제작자로 이름을 떨치게 되었다.

(1) 자신의 꿈을 이루기 위해 열심히 노력한 점을 본받고 싶어.

(2) 위험하고 어려운 일만 꿈으로 삼는 도전 정신을 본받아야겠어.

(3) 실패하더라도 결코 포기하지 않는 자세를 본받고 싶어.

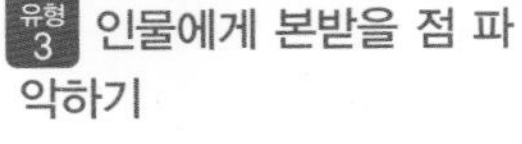

유형 3 인물에게 본받을 점 파악하기

열다섯 살에 자신이 이루고 싶은 여러 가지 꿈을 쓴 뒤 그 꿈들을 이루기 위해 노력한 존 고다드의 가치관에서 본받을 점을 찾습니다.

유용한 쓸모가 있는.
고비 일이 되어 가는 과정에서 가장 중요한 단계나 대목 또는 막다른 절정.

●**글의 종류** 전기문

●**글의 특징** 이 글은 장보고에 대해 쓴 전기문의 일부로, 장보고의 업적을 이야기 형식으로 생생하게 전하고 있습니다.

●**낱말 풀이**
소탕하기 휩쓸어 모조리 없애 버리기.
위장한 본래의 정체나 모습이 드러나지 않도록 거짓으로 꾸민.
기세등등하게 기세가 매우 높고 힘차게.
오합지졸인 임시로 모여들어서 규율이 없고 무질서한 병졸 또는 군중인.
기동성 전략, 전술 상황에 따라 재빠르게 움직이거나 대처하는 특성.
호위 따라다니며 곁에서 보호하고 지킴.
장악한 무엇을 마음대로 할 수 있게 휘어잡은.
기지 군대, 탐험대 따위의 활동의 기점이 되는 근거지.
거점 어떤 활동의 근거가 되는 중요한 지점.

지문 ★★☆
낱말 ★★★

㉠

장보고는 해적들을 소탕하기 위하여 장삿배로 위장한 배를 타고 바다로 나갔다. 아니나 다를까, 장삿배인 줄 알고 해적들이 덤벼들었다.

"멈추어라! 배에 실린 물건을 다 내놓고 무릎을 꿇는다면 목숨은 살려 주겠다. 그렇지 않으면 모두 물고기 밥으로 만들어 줄 테다!"

해적들은 기세등등하게 장보고의 배에 올라타려고 하였다.

바로 그때였다.

"공격하라!"

장보고의 명령이 떨어지자 노를 젓던 선원들이 순식간에 군사로 변하였다. 아주 잘 훈련된 군사들이었다. 해적들은 군사들에게 칼과 화살을 맞고 하나둘 바다로 떨어졌다. 장보고는 단 한 명의 해적도 남기지 않고 모조리 바다로 던져 버렸다.

해적선 하나가 완전히 물속으로 가라앉고 단 한 명의 해적도 남지 않았다는 소문은 금세 퍼졌다. 이제는 해적들도 단단히 준비를 하고 덤벼 왔다. 그러나 오합지졸인 해적들이 전쟁에서 잔뼈가 굵은 장보고를 당하여 낼 수 없었다.

장보고는 군사들을 훈련하는 것부터 달랐다. 아주 체계적이고 조직적인 훈련이었다. 칼을 쓰는 군사와 활을 쏘는 군사를 분리하여 따로 배치하였고, 빠르게 노만 젓는 군사를 따로 두어 기동성을 높였다. 장보고는 해적들과의 싸움에서 그야말로 백전백승하였다.

어느새 해적들이 우리나라 해안에서 자취를 감추었다. 이제 신라의 배는 물론이고, 일본이나 중국의 배들도 안전하게 무역을 할 수 있었다. 그뿐만 아니라 멀리 항해하는 배들은 장보고에게 호위를 부탁하기도 하였다. 당연히 장보고의 배들은 우리나라를 벗어나 더 넓은 바다로 나갈 수 있었다. 이렇게 장보고가 우리의 앞바다를 장악한 뒤로 당나라 사람들도 신라 사람을 얕보지 못하였다.

장보고는 청해진을 발판으로 삼아 점차 활동 범위를 넓혀 갔다. 그리하여 청해진을 동아시아의 가장 중요한 무역 기지로 만들었다. 청해진은 이제 신라만의 해양 군사 기지가 아니라 동아시아 무역의 중요한 거점이 되었다.

우봉규, 『해상왕 장보고』

붙임 딱지 붙여요.

1 이 글에 나타난 장보고의 업적을 두 가지 고르세요. (　　　　　　)

이해

① 해적들을 상대로 무역을 벌였다.
② 우리나라 해안에서 해적들을 소탕했다.
③ 오합지졸인 해적을 기동성 높은 군사로 만들었다.
④ 일본과 중국의 배들이 신라의 배를 호위하도록 했다.
⑤ 청해진을 동아시아의 중요한 무역 거점으로 만들었다.

2 ㉠에 들어갈 이 글의 제목으로 가장 알맞은 것은 무엇입니까? (　　　)

이해

① 백전백승　　② 사라진 해적선
③ 해상왕 장보고　　④ 신라의 앞바다에서
⑤ 무역의 거점 청해진

3 이 글에 나타난 장보고의 성격으로 알맞지 않은 친구에 ○표 하세요.

추론

(1) 해적들을 소탕하려고 장삿배로 위장한 것을 보면, 지략이 뛰어났어.

(2) 해적들에게 물고기 밥으로 만들겠다고 말한 것을 보면, 잔인한 성격이야.

(3) 체계적으로 군사를 훈련한 것으로 미루어 치밀한 성격이야.

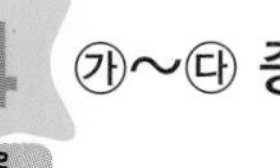

4 ㉮~㉰ 중 장보고에게 본받을 점이 아닌 것의 기호를 쓰세요. (　　　)

추론

㉮ 나라와 민족을 위하는 애국심
㉯ 무역하는 사람들을 위해 해적을 소탕하는 정의로운 마음
㉰ 해적을 체계적으로 훈련해 군사로 만들겠다는 단호한 의지

근거 자료의 타당성 평가하기

★ 다음 발표하는 이의 주장과 관련 있는 근거 자료에 ○표 하세요.

(1)

○○ 신문 　　　　　　　　　　　　　　　　　20○○년 8월 11일 화요일

컴퓨터 오래 하면 눈물 줄어

○○대학 연구팀의 연구 결과, 하루 2시간 이상 쉬지 않고 컴퓨터를 하는 사람은 눈물의 양 자체가 줄었다. 눈물의 양이 줄면 그만큼 눈이 건조해지는 질병인 안구 건조증이 생길 위험도 높아진다. …….

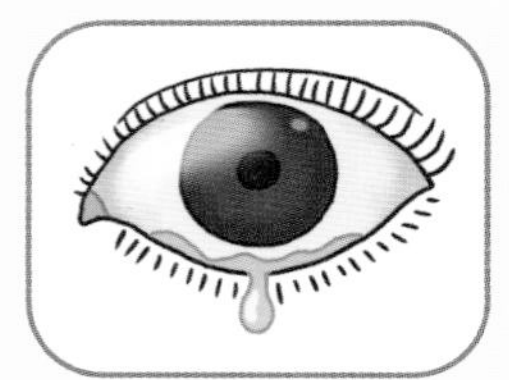

주제 탐구

근거 자료란 어떤 의견을 제안하거나 주장을 펼칠 때, 이를 뒷받침하는 자료입니다. 실제로 일어난 일, 신문 기사나 뉴스 자료, 면담 자료, 정확한 실험 결과나 통계, 일반적인 사실 등의 자료가 주장을 잘 뒷받침하는지, 믿을 만한 정보인지 따져 보아야 합니다.

1 주어진 주장을 뒷받침하는 면담 자료를 잘못 평가한 친구에 ○표 하세요.

자료 1 실제로 우리 반에서 가장 시력이 나쁜 친구를 면담했는데, "나는 컴퓨터를 오래 사용하는 편이야."라고 말했습니다.

자료 2 안과 의사 ○○○ 씨는 "눈을 깜박일 때 눈꺼풀이 눈물을 눈에 고루 발라 주는 역할을 하는데, 컴퓨터 같은 디지털 기기를 오래 사용하면 평소보다 눈을 깜박이는 횟수가 줄어들어 눈 건강에 좋지 않다."라고 말했습니다.

(1) 자료 1은 주장을 잘 뒷받침하고 있어. 면담을 한 친구가 눈이 나쁜 이유는 틀림없이 컴퓨터를 오래 사용했기 때문일 거야.

(2) 자료 2는 주장을 뒷받침하는 자료로 적절해. 전문가인 안과 의사의 의견이고, 주장과 관련 있는 내용이거든.

(3) 자료 1보다 자료 2가 주장을 뒷받침하는 근거 자료로 더 적절해. 자료 1에서 면담을 한 친구가 눈이 나쁜 이유는 꼭 컴퓨터 때문이 아닐 수도 있어.

2 설문 자료를 평가하는 방법으로 맞으면 ○표, 틀리면 X표 하세요.

(1) 조사 범위가 적절한지 생각한다. [ ]

(2) 믿을 만한 전문가의 의견인지 확인한다. [ ]

(3) 믿을 만한 자료인지, 출처가 정확한지 확인한다. [ ]

(4) 주장을 뒷받침하기에 적절한 자료인지 따져 본다. [ ]

유형 1 의견을 뒷받침하는 근거 자료 찾기

큰 사고를 막기 위해서는 작은 사고에 관심을 기울여야 한다는 주장을 뒷받침하는 근거 자료를 찾습니다.

인명 사람의 목숨.
징후 어떤 일이 일어나기 전 겉으로 나타나는 낌새.

1 국어

㉠~㉢ 중 의견을 뒷받침하는 근거 자료의 기호를 쓰세요.

㉠사회에는 크고 작은 사고가 끊임없이 일어납니다. 사람들은 작은 사고에는 그다지 관심을 기울이지 않습니다. 그러다 인명과 재산 피해가 큰 대형 사고가 일어나면 깜짝 놀라며 걱정 어린 목소리를 쏟아 냅니다. ㉡하지만 대형 사고를 막기 위해서는 작은 사고에 관심을 기울여야 합니다. 큰 사고는 어느 날 갑자기 일어나는 것이 아니라, 여러 번의 작은 사고나 사소한 징후 뒤에 일어납니다. ㉢'하인리히 법칙'에 따르면, '대형 사고 한 건이 발생하기 이전에 이와 관련한 작은 사고가 29건 발생하고, 작은 사고 전에는 이와 관련한 사소한 징후가 300건 가량 나타난다.'고 합니다.

(   )

유형 2 면담 자료 평가하기

면담 자료 1, 2를 비교하여 주장을 잘 뒷받침하는지, 믿을 만한지를 살펴 평가합니다.

녹조 현상 영양 성분이 갑자기 풍부해져서 강이나 호수에 남조류가 대량으로 발생하였을 때 물이 녹색으로 변하는 현상.
보 논에 물을 대기 위해 둑을 쌓고 흐르는 냇물을 막아 두는 곳.
유속 물이 흐르는 속도.

2 국어

면담 자료 1, 2를 평가한 것으로 맞으면 ○표, 틀리면 X표 하세요.

낙동강 녹조 현상을 해결하기 위해서는 보의 문을 열어서 강물을 빠르게 흘려보내야 한다.

자료 1 녹조가 심각한 곳의 주민을 면담한 결과, "근처를 지나가기만 해도 비릿하고 역겨운 냄새가 나서 견딜 수가 없다."고 말했다.

자료 2 환경 연구가 ○○○ 씨는 "심각한 녹조 현상은 높은 기온뿐 아니라 물이 느리게 흐르는 것과도 관계가 깊다."며, "보의 수문을 열어 유속을 높이는 방법이 가장 효과적인 해결책"이라고 말했다.

(1) 자료 1은 녹조 현상 때문에 불편을 겪고 있다는 내용이므로, 글쓴이의 주장을 뒷받침하는 면담 자료로 적절하다. [   ]

(2) 자료 2는 녹조 현상의 보의 수문을 열어 유속을 높인다는 해결책이 들어 있어 글쓴이의 주장을 뒷받침하는 면담 자료로 적절하다. [   ]

3 (가), (나)의 설문 자료를 잘못 평가한 친구에 ○표 하세요.

국어

유형 3 설문 자료 평가하기

설문 자료를 평가할 때는 주장을 뒷받침하는 자료인지, 자료의 출처가 믿을 만한지, 조사 범위가 적절한지 등을 살펴봅니다.

초등학생에게 학습 만화는 유익하다고 생각합니다. 학습 만화를 통해 어려운 내용도 쉽고 재미있게 만날 수 있습니다. 실제로 저는 『맹꽁이 서당』이라는 학습 만화를 읽고, 우리나라의 역사에 대해 많이 알게 되었습니다.

저뿐이 아닙니다. 얼마 전 우리 반 친구들 23명을 대상으로, '학습 만화가 공부에 도움이 되는가?'라는 설문 조사를 실시했습니다. 그 결과 '많이 도움이 된다'고 답한 친구가 3명, '조금 도움이 된다'고 답한 친구가 11명으로, 절반이 넘는 친구가 '도움이 된다'고 대답했습니다. 이처럼 설문 조사를 통해서도 초등학생에게 학습 만화가 유익하다는 것을 알 수 있습니다.

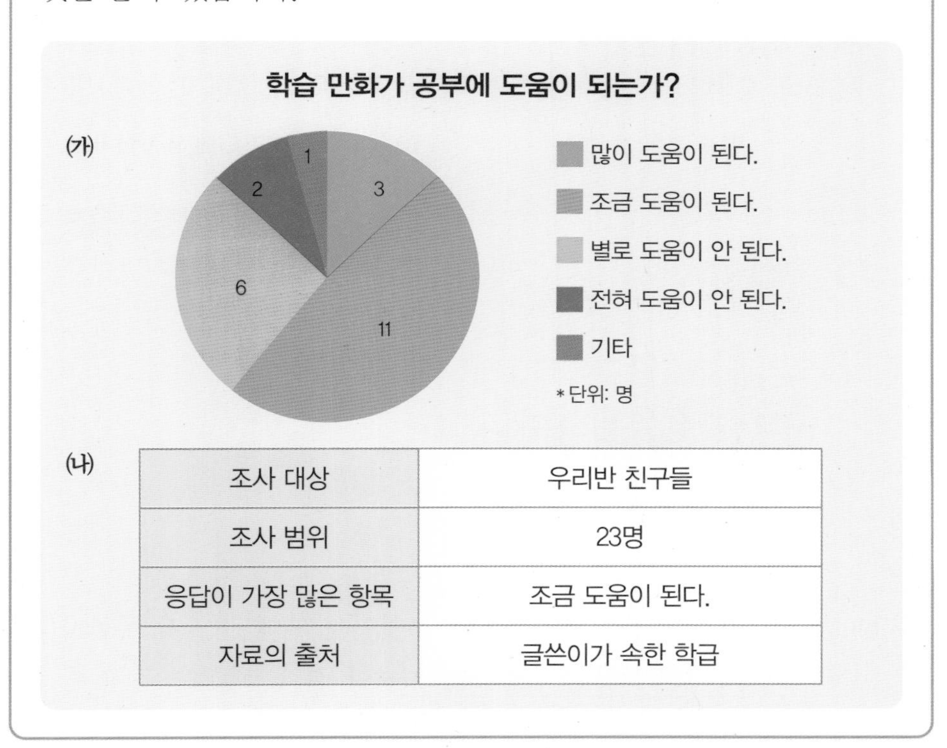

조사 대상	우리반 친구들
조사 범위	23명
응답이 가장 많은 항목	조금 도움이 된다.
자료의 출처	글쓴이가 속한 학급

(1) 조사 범위가 좁아서 결론을 얻기 어려워.

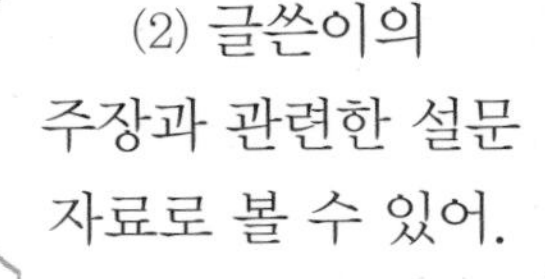

(3) 출처가 정확하지 않아서 주장을 뒷받침하는 자료로 쓸 수 없어.

●**글의 종류** 논설문

●**글의 특징** 이 글은 초등학교에서 언어폭력이 많이 벌어지고 있지만 많은 초등학생들이 언어폭력이 무엇인지 잘 모른다는 근거를 들어 언어폭력 예방 프로그램을 실시해야 한다고 주장하고 있습니다.

●**중심 내용**
(가) 초등학교에서 언어폭력 예방 프로그램을 실시해야 한다고 주장함.
(나) 초등학교에서 언어폭력이 많이 벌어지고 있음.
(다) 많은 초등학생들이 언어폭력이 무엇인지 제대로 알지 못함.
(라) 이와 같은 이유로 학교에서 언어폭력 예방 프로그램을 실시해야 함.

●**낱말 풀이**
험담하거나 남의 흠을 들추어 헐뜯거나.
실태 있는 그대로의 상태. 실제의 형편.
스토킹 특정한 사람을 오랜 기간 동안 쫓아다니면서 정신적 · 신체적 피해를 입히고 두려움과 불안감을 조성하는 행위.
갈취 남의 것을 강제로 빼앗는 것을 뜻함.

언어폭력 예방 프로그램을 실시해야 한다

지문 ★★☆ 낱말 ★☆☆

(가) '폭력'이라고 하면, 우리는 흔히 힘으로 상대를 때리거나 괴롭히는 육체적인 폭력을 떠올립니다. 그러나 욕설이나 협박하는 말, 여러 사람 앞에서 상대를 험담하거나 모욕하는 말도 폭력이 될 수 있습니다. 이를 '언어폭력'이라고 합니다. 저는 초등학교에서 언어폭력 예방 프로그램을 실시해야 한다고 주장합니다.

(나) 우리가 생활하는 초등학교에서도 언어폭력이 많이 벌어지고 있습니다. 교육부가 발표한 '학교 폭력 실태 조사'에 따르면, 초 · 중 · 고 학생들 가운데 초등학생이 학교 폭력을 가장 많이 경험한 것으로 나타났습니다. 그리고 폭력의 피해 유형으로 언어폭력이 가장 많았습니다.

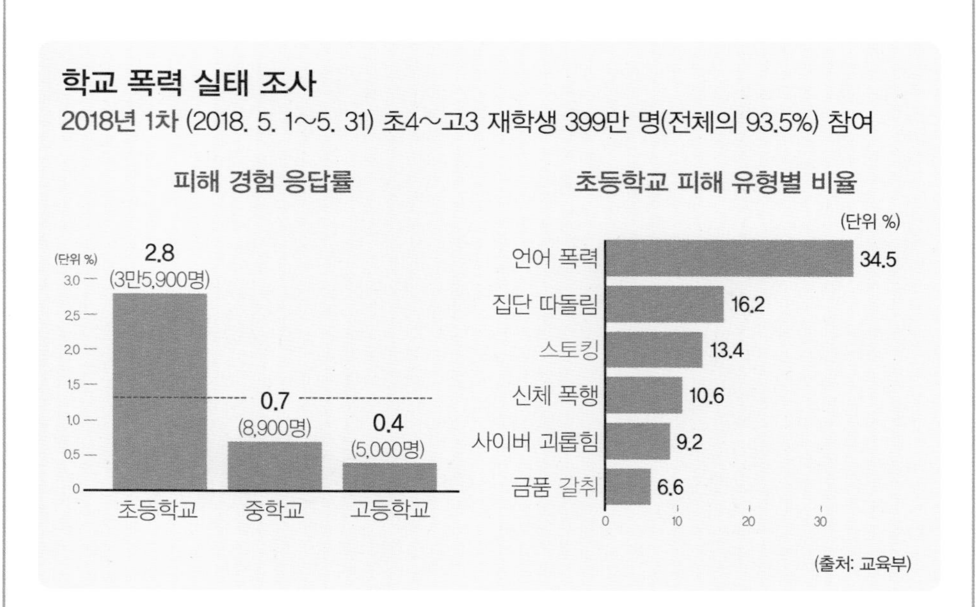

(다) 많은 초등학생들이 언어폭력이 무엇인지 제대로 알지 못합니다. ㉠ 실제로 짝꿍과 언어폭력에 관한 면담을 한 결과, 짝꿍은 "언어폭력? 욕하는 것 말이야?"라고 대답하며 언어폭력에 대해 잘 모르는 듯한 반응을 보였습니다.

(라) 이처럼 초등학교에서 언어폭력이 많이 벌어지지만, 아이들이 언어폭력이 무엇인지 제대로 알지 못합니다. 따라서 저는 언어폭력 예방 프로그램을 실시해서 언어폭력으로 상처받는 친구들이 없도록 해야 한다고 생각합니다.

2주 3일 학습 끝!

붙임 딱지 붙여요.

1 이 글에 나타난 글쓴이의 주장이 무엇인지 쓰세요.

이해

---

2 (나)의 근거 자료를 평가한 것으로 알맞은 것에 ○표 하세요.

비판

(1) 조사 범위가 적절하다.	그렇다 / 아니다
(2) 글쓴이의 주장을 뒷받침하기에 적절하다.	그렇다 / 아니다
(3) 교육부에서 조사한 자료로 출처가 정확하다.	그렇다 / 아니다

3 ㉠에 대한 설명으로 알맞은 것을 모두 고르세요. (   )

이해

① 면담 자료이다.
② 설문 조사 자료이다.
③ 주장을 뒷받침하는 근거 자료로 적절하다.
④ 초등학교에서 언어폭력이 많이 벌어진다는 근거 자료로 제시했다.
⑤ 초등학생들이 언어폭력에 대해 잘 모른다는 근거 자료로 제시했다.

4 서론, 본론, 결론의 짜임에 맞게 글 (가)~(라)의 기호를 쓰세요.

구조

(1) 서론	(2) 본론	(3) 결론

주장을 펼치는 글 읽기

★ 다음 중 토론이 필요한 상황에 모두 ○표 하세요.

주제 탐구

토론은 논제에 대해 찬성과 반대의 입장으로 나뉘어 토론 절차에 따라 상대를 설득하기 위한 주장을 펼치는 것입니다. 찬성편과 판대편의 주장과 근거를 살펴보고 서로 상대편의 주장과 근거를 어떻게 반박했는지도 살펴봅니다.

1 (가)~(다)는 토론 절차 중 어디에 해당하는지 빈칸에 알맞은 기호를 쓰세요.

(가)

반대편: 동화에서는 착한 사람이 승리하거나 복을 받고, 나쁜 짓을 한 사람은 벌을 받습니다. 하지만 현실은 그렇지 않습니다. 어린이도 이런 현실을 알고 있어야 하지 않을까요?

찬성편: 현실에서 착한 사람이 손해를 보고, 나쁜 짓을 한 사람이 이익을 얻으며 벌도 받지 않는 것이 잘못입니다. 이런 현실이 반영된 동화를 읽는다면, 어린이들은 부조리한 현실을 아무렇지 않게 여길 것입니다.

(나)

찬성편: 동화가 권선징악을 동화의 주제로 삼는 것이 바람직하다고 생각합니다. 착한 사람은 복을 받고, 나쁜 사람을 벌을 받아야 합니다. 현실이 그렇지 않을수록 오히려 동화에서 바른 가치를 알려 주어야 합니다.

판대편: 동화 대부분이 권선징악을 주제로 삼는 것은 바람직하지 않다고 생각합니다. 현실 세계를 제대로 반영하지 못한다면, 동화는 그저 재미를 위한 이야기에 그치고 말 것입니다.

(다)

사회자: '동화 대부분이 권선징악을 주제로 삼는 것이 바람직한가?'라는 주제로 토론을 시작하겠습니다. '권선징악'은 '착함을 권하고 악함을 나무란다.'는 뜻임을 다시 한번 알려드립니다. 그럼 찬성편과 반대편은 의견을 말씀해 주십시오.

찬성편: 동화 대부분이 권선징악을 주제로 삼는 것은 바람직하다고 생각합니다. 동화는 어린이를 위한 글이며, 권선징악은 어린이가 반드시 알아야 할 중요한 교훈입니다.

반대편: 동화 대부분이 권선징악을 주제로 삼는 것은 바람직하지 않다고 생각합니다. 현실 세계를 제대로 반영하지 못하고 있기 때문입니다.

(1) 주장 펼치기		(2) 반론하기		(3) 주장 다지기
찬성편과 반대편은 각각 주장과 근거를 제시하며 주장을 펼친다.	➡	찬성편과 반대편이 서로의 주장과 근거에 대한 반론을 제기하고, 이에 대답하며 반박한다.	➡	찬성편과 반대편이 각각 주장과 근거를 정리해 주장을 분명히 한다.

유형 1 찬성편과 반대편의 주장과 근거 파악하기

'신조어를 사용해야 하는가?'라는 주제에 대해 찬성편과 반대편이 어떤 주장과 근거를 내세웠는지 찾고, 반대편의 주장에 대한 근거를 정리합니다.

신조어 새로 생긴 말.

1 이 글에 나타난 반대편의 주장에 대한 근거를 찾아 쓰세요.

국어

사회자: 지금부터 '신조어를 사용해야 하는가?'라는 주제에 대한 토론을 시작하겠습니다. 찬성편과 반대편은 의견을 말씀해 주십시오.

찬성편: 신조어를 사용해야 합니다. 새로운 말은 먼 옛날부터 지금까지 끊임없이 만들어져 왔습니다. 그리고 신조어는 긴 말을 짧게 줄인 경제적인 언어 표현 방법으로 볼 수 있습니다.

반대편: 신조어를 사용하지 말아야 한다고 생각합니다. 신조어는 아름다운 우리말과 글을 오염시킵니다. 또, 신조어를 모르는 사람들이 다른 사람들과 소통하는 데 어려움을 줍니다.

반대편 주장 신조어를 사용하지 말아야 한다.

(1) 근거 1: ______________________________

(2) 근거 2: ______________________________

유형 2 반론하기 방법 알기

반론은 상대편의 주장을 반대하거나 되받아 논의하는 방법입니다. ㉠에서 사용한 방법이 무엇인지 파악합니다.

2 ㉠에 쓰인 반론 방법을 알맞게 설명한 것에 ○표 하세요.

국어

찬성편: 신조어를 사용하지 말아야 한다는 주장의 근거로 우리말과 글이 오염되기 때문이라는 것은 적절하지 않습니다. 신조어는 새로 만들어진 말이지 결코 욕설처럼 나쁜 말이 아닙니다.

반대편: 새로 만들어진 신조어 중에는 학생과 엄마를 벌레에 빗댄 '급식충'이나 '맘충' 같은 나쁜 말이 많습니다. 현대 문화에 덜떨어진 사람을 일컬어 '문찐', 즉 '문화 찐따'라고 표현하는 말도 있습니다. ㉠그런데도 우리말과 글이 오염되지 않는다고 할 수 있을까요?

(1) 자기편의 주장이 더 타당하다는 것을 보여 주었다. [ ]

(2) 반론을 효과적으로 펼치려고 상대편의 주장을 요약했다. [ ]

(3) 상대편의 주장에 대한 근거가 타당하지 않다는 것을 밝히려고 질문을 했다. [ ]

3 (가)~(다) 중 '주장 다지기' 단계의 토론 내용을 골라 기호를 쓰세요.

사회

(가)

사회자: 이번 토론의 주제는 '이성계는 고려를 배신한 반역자인가?'입니다. 찬성편과 반대편은 의견을 말씀해 주십시오.

찬성편: 이성계는 반역자라고 생각합니다. 고려의 장군이었던 이성계는 요동 땅을 되찾아 오라는 왕의 명령을 어겼습니다. 오히려 군대를 되돌려 신하들을 죽이고 왕을 내쫓은 뒤에 자신이 왕위에 올랐습니다.

반대편: 이성계는 반역자가 아니라, 영웅이었습니다. 당시 요동 땅을 정벌하라는 왕의 명령은 무모했습니다. 만약 왕의 명령을 따랐다면 많은 군사와 백성이 죽거나 다쳤을 것입니다.

(나)

반대편: 왕이 잘못된 명령을 내려도 신하라면 무조건 따라야 할까요? 만약 요동 정벌을 계속했다면, 병력이 부족해 고려가 위험에 처했을 것입니다.

찬성편: 요동 정벌에 성공했을 수도 있습니다. 최영 장군처럼 훌륭한 신하를 죽이고 왕을 내쫓은 것은 자신이 왕이 되려는 욕심에서 비롯된 행동이 아닐까요?

(다)

찬성편: 이성계는 반역자라고 생각합니다. 많은 군사와 백성의 목숨을 지키기 위해서였다고 하지만, 고려의 신하이면서 고려의 왕과 신하들을 해친 것은 분명한 반역입니다.

반대편: 이성계는 영웅으로 보아야 합니다. 왕의 명령이라도 잘못되었다면 따르지 않을 수 있고, 그로 인해 많은 군사와 백성의 목숨을 구했기 때문입니다.

( )

유형 3 토론의 절차 파악하기

'주장 펼치기→반론하기→주장 다지기'의 순서로 진행되는 토론의 절차를 생각하며 토론의 마지막 부분에 해당하는 내용을 찾습니다.

반역자 통치자에게서 나라를 다스리는 권한을 빼앗으려고 하는 사람.

정벌하라는 적 또는 죄 있는 무리를 무력으로써 치라는.

무모했습니다 앞뒤를 잘 헤아려 깊이 생각하는 신중함이나 꾀가 없습니다.

★ 찬성편과 반대편의 주장과 근거를 파악하며 글을 읽어 보세요.

●**글의 종류** 토론 기록문

●**글의 특징** 이 글은 '인공 지능이 우리 미래에 긍정적인 영향을 미칠 것인가?'라는 주제로 찬성편과 반대편이 벌인 토론을 기록한 글입니다.

●**낱말 풀이**
인공 지능 인간의 지능이 가지는 학습, 추리, 적응, 논증 따위의 기능을 갖춘 컴퓨터 시스템.
긍정적인 옳거나 바람직하다고 인정하는.
제조업 물품을 대량으로 만드는 사업.
대체할 다른 것으로 대신할.
탐사 알려지지 않은 사물이나 사실 따위를 샅샅이 더듬어서 조사함.
자율 주행 운전자가 직접 운전하지 않고, 차량 스스로 도로에서 달리게 하는 일.

지문 ★★☆

낱말 ★★☆

사회자: '인공 지능(AI)이 우리 미래에 긍정적인 영향을 미칠 것인가?'라는 주제로 토론을 시작하겠습니다. 찬성편과 반대편은 의견을 말씀해 주십시오.

찬성편: ㉠인공 지능이 우리 미래에 긍정적인 영향을 미친다고 생각합니다. 인공 지능 로봇은 인간을 대신해서 여러 가지 힘들고 위험한 일을 할 수 있습니다. 나아가 인간이 노동에서 완전히 해방될 수도 있습니다.

반대편: 인공 지능의 발달이 도리어 우리 미래에 부정적인 영향을 미칠 수 있다고 생각합니다. 첫째, 인공 지능으로 인해 사람들은 일자리를 잃게 됩니다. ㉡최근 경제 전망 업체가 내놓은 연구 결과에 따르면, '로봇이 2030년까지 전 세계적으로 제조업 일자리 2천만 개를 대체할 수 있다.'고 합니다. 둘째, 인공 지능이 더욱 발달하면 인간이 도리어 로봇의 지배를 받을 위험도 있습니다.

찬성편: ㉢반대편이 제시한 연구 결과 자료는 주장을 뒷받침하는 근거 자료로 적절하지 않습니다. 근거 자료에서 말한 로봇은 단순히 물건을 만드는 기계를 말하는 것일 뿐, 인공 지능을 갖춘 로봇이 아닙니다.

반대편: 단순히 물건을 만드는 기계인 로봇 때문에 사람들이 2천만 개의 일자리를 잃을 수 있다면, 로봇이 인공 지능까지 갖추었을 경우에는 더 많은 사람이 일자리를 잃을 것이라고 짐작할 수 있습니다. ㉣인공 지능을 갖춘 로봇이 여러 가지 힘들고 위험한 일을 대신할 수 있다고 했는데, 그에 대한 근거를 들어 주셔야 하지 않을까요?

찬성편: 쉬운 예로 인공 지능 청소 로봇이 있습니다. 우주 탐사 로봇도 있고요. 인공 지능을 갖춘 자율 주행 자동차 개발도 한창 진행 중입니다. 이처럼 인공 지능 로봇은 인간을 대신해 힘들고 위험한 일을 해 나가고 있습니다.

2주 4일 학습 끝!

붙임 딱지 붙여요.

1 이해

㉠에 나타난 찬성편의 주장과 근거 두 가지를 정리해서 쓰세요.

(1) 찬성편 주장: ______

(2) 근거 1: ______

(3) 근거 2: ______

2 이해

㉡에 대한 설명으로 알맞은 것은 무엇입니까? (   )

① 찬성편의 주장이다.
② 반대편의 주장이다.
③ 찬성편의 주장에 대한 반박이다.
④ 찬성편의 주장을 뒷받침하는 근거이다.
⑤ 반대편의 근거를 뒷받침하는 자료이다.

3 구조

㉢은 토론 절차 중 어디에 속하는지 보기에서 골라 기호를 쓰세요.

보기

㉮ 반론하기　　㉯ 주장 펼치기　　㉰ 주장 다지기

(   )

4 추론

㉣에서 반대편이 말한 반론하기 방법을 알맞게 말한 친구에 ○표 하세요.

(1) 찬성편 토론자의 주장을 짧게 요약했어.

(2) 찬성편이 제시한 근거를 뒷받침하는 예가 필요하다고 지적했어.

(3) 찬성편 주장에 대한 근거 자료가 적절하지 않다는 것을 밝히고 있어.

낱말의 뜻을 짐작하며 글 읽기

★ 다음 밑줄 친 낱말의 뜻을 짐작한 내용이 맞으면 ○표, 틀리면 X표 하세요.

나는 열심히 공부하기로 마음을 먹었다.

(1) '먹다'는 '어떤 생각이나 감정을 마음속으로 가지다.'라는 뜻이야. [ ]

노인은 소년에게 말했다.
"누구나 나이를 먹게 마련이란다."

(2) '먹다'는 '사람이 나이를 더하여 보태다.'라는 뜻이지. [ ]

와글와글 떠드는 아이들 틈에서 조용히 생각에 잠긴 듯한 아이가 눈에 띄었다.

(3) '눈'은 '사람이 바라보는 시선'을 뜻해. [ ]

"이런 옷을 사 오다니! 당신은 어쩜 그렇게 옷 보는 눈이 없어요."

(4) '눈'은 '빛의 자극으로 물체를 볼 수 있는 감각 기관'을 뜻해. [ ]

주제 탐구

이야기를 읽다가 잘 모르는 낱말이 나왔을 때는 앞뒤의 내용을 자세히 살펴보며 낱말의 뜻을 짐작해 봅니다. 이 낱말과 뜻이 비슷하거나 반대인 낱말을 대신 넣어 보거나 낱말이 사용된 예를 떠올려 보고, 국어사전을 찾아 짐작한 뜻과 비교합니다.

● (1~3) 다음을 읽고 물음에 답하세요.

옛날에 금화로 길을 덮을 만큼 돈이 많은 상인이 있었다. 상인은 금화 한 닢을 열 닢으로 불릴 만큼 장사 재간이 뛰어났지만 병들어 세상을 떠나고 말았다.

아버지의 재산을 물려받은 젊은 아들은 돈을 ㉠홍청망청 쓰고 다녔다. 매일 밤 친구들을 불러 호화로운 파티를 열었다. 파티에서는 돌 대신 금화를 물 위로 튀게 던지며 물수제비를 뜨기도 했다.

그렇게 얼마쯤 지나자 그 많던 재산이 ㉡바닥나고 말았다. 젊은 아들에게 남은 것이라고는 은화 네 닢과 슬리퍼 한 켤레, 낡은 잠옷 한 벌이 전부였다. 젊은 아들이 재산을 모두 ㉢탕진하자, 친구들은 그를 거들떠보지도 않았다.

1 ㉠의 낱말 뜻을 짐작한 까닭을 보고 낱말 뜻을 짐작해서 쓰세요.

낱말의 뜻	
그렇게 짐작한 까닭	뒤에 아들이 매일 호화로운 파티를 열고, 금화로 물수제비를 떴다는 내용이 나오기 때문이다.

2 ㉮, ㉯ 중 국어사전에서 찾은 ㉡의 낱말 뜻을 골라 기호를 쓰세요. (　　)

㉮ 돈이나 물건을 다 써서 없어지다.
㉯ 신이나 버선 따위의 바닥이 떨어져 구멍이 나다.

3 ㉢과 바꾸어 쓸 수 있는 낱말을 모두 고르세요. (　　)

① 없애자　② 숨기자　③ 까먹자　④ 불리자　⑤ 털어먹자

유형 1 낱말의 뜻 짐작하기

낱말이 쓰인 문장의 앞뒤 내용을 살펴보며 낱말의 뜻을 짐작합니다.

배냇짓 갓난아이가 자면서 웃거나 눈, 코, 입 따위를 쫑긋거리는 짓.

1

국어

㉠~㉤의 낱말 뜻으로 알맞지 않은 것은 무엇입니까? (　　　)

옛날에 자식 없이 살던 부부가 ㉠늘그막에 아들을 하나 낳았어. 참 ㉡금지옥엽 귀한 아들이었지. 그런데 아기가 태어난 지 일 년이 지나서 ㉢첫돌이 되어도 앉지를 못해. 다른 아기들은 첫돌이 지나면 ㉣걸음마를 하고 말도 배우기 시작하는데, 부부네 아들은 일곱 살이 되도록 누워서 갓난아기가 하는 배냇짓밖에 못한단 말이야. 그러니 부부는 걱정이 ㉤태산 같았지.

① ㉠: 늙어 가는 무렵.
② ㉡: 못난 자손을 이르는 말.
③ ㉢: 아기가 태어나서 처음 맞는 생일.
④ ㉣: 어린아이가 걸음을 익힐 때 발을 떼어 놓는 걸음걸이.
⑤ ㉤: 크고 많음을 비유적으로 이르는 말.

유형 2 낱말의 뜻을 파악하여 문장 이해하기

㉠의 앞뒤 내용을 살펴 '파묻혀'의 뜻을 파악하고 문장의 뜻을 짐작해 봅니다.

불의 의리·도의·정의 따위에 어긋남.

2

국어

㉠의 뜻을 알맞게 짐작한 친구에게 ○표 하세요.

옛날 스페인의 라만차 지방에 '키하다'라는 시골 귀족이 살고 있었다. 그는 오십이 넘은 나이로, 비쩍 마른 체격에 얼굴이 홀쭉했다. 그래도 나이보다 건강해서 꼭두새벽에 일어나고 사냥도 즐겼다.

하지만 그가 가장 좋아하는 것은 기사 소설을 읽는 일이었다. ㉠그는 온종일 기사 소설책에 파묻혀 지냈다. 어느새 그의 머릿속은 기사 이야기에 나오는 환상, 결투, 사랑 등으로 가득했고, 기사 이야기를 사실이라고 믿었다.

"나도 기사가 되어야겠어. 이 세상의 잘못을 바로잡고 불의에 고통당하는 사람들을 구하는 일이야말로 내가 할 일이다."

미겔 데 세르반테스, 『돈키호테』

(1) '온종일 기사 소설을 쓰는 일을 했다.'는 뜻 같아.

(2) '온종일 기사 소설책 보는 일에 몰두했다.'는 뜻이야.

(3) '온종일 기사 소설책을 몸에 덮고 있었다.'는 뜻이야.

● (3~4) 다음을 읽고 물음에 답하세요.

데테 이모는 비탈을 올라오는 아이들을 보자마자 비명을 질렀다.
"하이디! 너 무슨 짓을 한 거니? 치마와 목도리를 어쨌어? 또, 새로 사 준 신발이랑 새로 만들어 준 양말을 어디다 벗어 던진 거야?"
아이는 ㉠태연스레 산 아래쪽을 가리켰다. / "저기!"
저 멀리 목도리로 짐작되는 빨간 점이 보였다. 이모는 화가 나서 소리쳤다.
"이 말썽꾸러기! 대체 왜 그런 짓을 한 거니?"
"더워서 필요 없으니까."
하이디는 후회하는 기색이 전혀 없었다.
"어휴, 도대체 생각이 있니 없니? 언제 내려가서 옷가지를 가져오느냔 말이야. 얘, 페터! 네가 재빨리 달려가서 옷가지를 좀 주워 와야겠다."
이모의 말에 페터는 ㉡시들한 표정으로 느릿느릿 대답했다.
"나도 바빠요. 벌써 꽤 늦었는걸요."
"그렇단 말이지? 그럼 이건 어때?"
이모는 반짝거리는 새 동전 한 닢을 꺼내 들었다. 동전을 본 페터는 한달음에 산을 내려가 하이디가 벗어 놓은 옷가지를 들고 나는 듯이 돌아왔다.

요한나 슈피리, 『하이디』

기색 마음의 작용으로 얼굴에 드러나는 빛.

3 ㉠과 바꾸어 쓸 수 있는 말은 무엇입니까? (　　　)

국어

① 슬프다는 듯이
② 아무렇지도 않은 듯이
③ 이미 알고 있다는 듯이
④ 알려 주기 싫다는 듯이
⑤ 마음에 차지 않는다는 듯이

유형 3 **낱말의 뜻을 짐작해 뜻이 비슷한 낱말로 바꾸기**
글에서 낱말의 뜻을 짐작해 뜻이 비슷한 낱말로 바꾸어 보는 문제입니다.

4 ㉡을 국어사전에서 찾았을 때의 뜻을 찾아 기호를 쓰세요. (　　　)

국어

㉮ 보잘것없다.
㉯ 마음에 차지 않아 내키지 않다.
㉰ 꽃이나 풀 따위가 시들어서 생기가 없다.

유형 4 **짐작한 뜻과 국어사전에서 찾은 뜻 비교하기**
짐작한 낱말의 뜻을 국어사전에서 찾은 여러 개의 뜻과 비교하여 정확한 뜻을 찾습니다.

●**글의 종류** 이야기(소설)

●**글의 특징** 이 글은 갈매기 조나단 리빙스턴 시걸의 이야기를 담은 『갈매기의 꿈』의 일부입니다. 주어진 글은 다른 갈매기들은 먹이를 얻기 위해 나는 법 이상은 배우려고 하지 않았지만, 나는 일 자체를 사랑한 조나단이 홀로 연습에 열중하는 모습을 보여 주는 부분입니다.

●**낱말 풀이**
마일 거리의 단위. 1마일은 약 1.6킬로미터에 해당함.
피트 길이의 단위. 1피트는 약 30.5센티미터임.
수치스러운 다른 사람들을 볼 낯이 없거나 스스로 떳떳하지 못한 느낌이 있는.

지문 ★★☆

낱말 ★★☆

아침이었다. 고요한 바다 위로 떠오른 태양이 황금빛으로 빛났다. 해안에서 1마일쯤 떨어진 바다에 고기잡이배 한 척이 떠 있었다. 갈매기 떼 사이에 ㉠아침을 먹으러 모이라는 소리가 퍼져 갔다. 이윽고 몰려든 천여 마리의 갈매기가 이리저리 날며 다투어 먹이를 찾았다. ㉡부산하게 하루가 시작된 것이다.

그러나 조나단 리빙스턴 시걸은 멀찌감치 떨어진 곳에서 홀로 연습에 열중하고 있었다. 그는 1백 피트 상공에서 두 발을 굽히고 부리를 쳐들었다. 그러고는 날개를 힘겹게 비틀며 날기 시작했다. 날개를 비틀수록 천천히 날게 되었다. 그는 바람이 얼굴을 쓰다듬듯 스쳐 가고, 바다가 바로 밑에 누워 있을 때까지 천천히 날았다. ㉢극도의 집중력을 발휘하느라 눈을 가늘게 뜨고 숨을 모았다. 한 번…… 단 한 번…… 더…….

그때, 깃털이 ㉣곤두서며 흐트러지더니 그는 중심을 잃고 떨어졌다. 누구나 알고 있는 일이지만, 갈매기는 공중에서 비틀거리거나 속도를 늦추는 일이 없다. 공중에서 비틀거린다는 것은 갈매기들 사이에서 ㉤체면이 깎이는 일일뿐 아니라, 몹시 수치스러운 불명예이다. 하지만 조나단 리빙스턴 시걸은 부끄러워하지 않고 다시 날개를 비틀며 날기를 시도했다.

갈매기들은 대부분 ㉥비상(飛翔)을 단순하게 생각했다. 즉, 먹이를 얻기 위해 해안을 떠났다가 되돌아오는 방법 이상은 배우려고 하지 않았다. 모든 갈매기에게 가장 중요한 문제는 나는 것이 아니라 먹는 것이었다. 그러나 조나단 리빙스턴 시걸에게는 나는 일 자체가 중요했다. 그는 어떤 일보다 나는 일을 사랑했다.

리처드 바크, 『갈매기의 꿈』

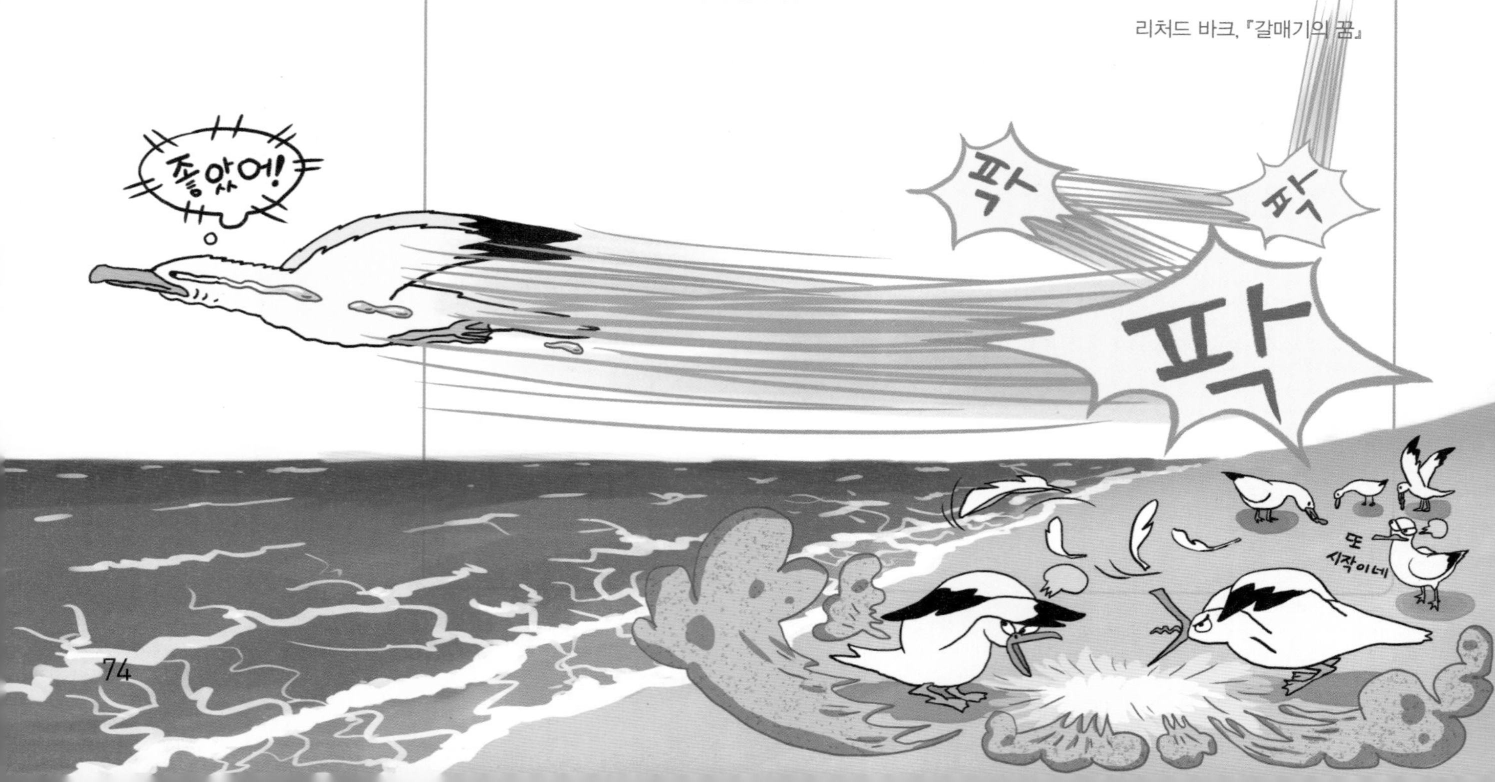

2주 5일
학습 끝!

붙임 딱지 붙여요.

1 이해

'조나단 리빙스턴 시걸'에 대해 알맞게 말한 친구에 ○표 하세요.

(1) 이 글을 쓴 작가의 이름일 거야.

(2) 글쓴이가 기르는 갈매기의 이름이야.

(3) 갈매기인데 이야기의 주인공이야.

2 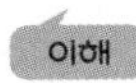

이 글의 내용으로 알맞은 것은 무엇입니까? (　　　)

① 조나단은 친구들과 함께 나는 연습을 했다.
② 조나단은 그 어떤 일보다 나는 일을 사랑했다.
③ 갈매기들에게 가장 중요하는 문제는 나는 것이다.
④ 조나단은 비틀거리거나 속도를 늦추지 않고 날았다.
⑤ 조나단은 다른 갈매기들과 먹이를 찾으며 부산하게 하루를 시작했다.

3 어휘

㉠~㉤의 뜻으로 알맞지 않은 것은 무엇입니까? (　　　)

① ㉠: 해가 가장 높이 떠 있는, 정오부터 반나절쯤까지의 동안.
② ㉡: 급하게 서두르거나 시끄럽게 떠들어 어수선하게.
③ ㉢: 더할 수 없는 정도.
④ ㉣: 거꾸로 꼿꼿이 서다.
⑤ ㉤: 남을 대하기에 떳떳한 도리나 얼굴.

4 어휘

㉥의 뜻을 짐작해서 쓰세요.

기분을 나타내는 관용 표현

짝꿍의 말처럼 '곤두서다.'는 '거꾸로 꼿꼿이 선다.'는 뜻이에요. 둥근 형태인 밥알은 거꾸로 설 수 없지요. 따라서 '밥알이 곤두서다.'라는 말은 거꾸로 설 수 없는 둥근 밥알도 거꾸로 설 만큼 '아니꼽거나 비위에 거슬리다.'라는 뜻이랍니다.

기분을 나타내는 관용 표현

- **가슴이 벅차다** '마음에 감격, 기쁨, 희망 따위가 넘칠 듯이 가득하다.'라는 뜻이에요. 예 우리나라가 통일을 이루면 얼마나 가슴이 벅찰까?
- **입에 거품을 물다** 몹시 흥분하여 떠들어 대는 경우를 이르는 말이에요. 예 두 사람은 입에 거품을 물고 막말을 하며 다투었다.
- **찍소리도 못 하다** '조금도 맞서거나 반항하지 못하다.'라는 뜻이에요. 예 바른 말로 조목조목 따지니, 찍소리도 못 했다.

1 '나'의 기분을 나타내는 말로 알맞은 것은 무엇입니까? (　　　)

> 여러 번의 실패 끝에 시험에 합격한 나는 세상을 다 얻은 것 같았다.

① 가슴이 저리다.　② 가슴에 새기다.　③ 가슴이 벅차다.
④ 가슴이 뜨끔하다.　⑤ 가슴이 무너지다.

2 ㉠과 바꾸어 쓸 수 있는 표현을 보기 에서 골라 쓰세요.

> "오! 그 샤프 뭐냐? 좋아 보이는데, 나 줘라."
> "안 돼. 친구한테 선물받은 거야."
> "동생아, 그러지 말고 좋은 말로 할 때 다오."
> "작은형, 자꾸 그러면 큰형한테 이를 거야. 힘 센 큰형한테는 ㉠꼼짝도 못 하면서!"

보기

입에 거품을 물다.　밥알이 곤두서다.　찍소리도 못 하다.

(　　　　　　　　　　　)

이번 주 나의 독해력은?		
	이번 주 학습을 모두 끝마쳤나요?	
	지식이나 경험을 활용해 글을 읽을 수 있나요?	
	근거 자료의 타당성을 평가할 수 있나요?	

정답 1. ③ 2. 찍소리도 못 하다.

글을 읽고 요약하기

3주

★ ㈎, ㈏의 중심 문장에 밑줄을 긋고 이 글의 중심 낱말을 찾아보세요.

(1) ㈎ 물고기는 대부분 몸 표면에 비늘이 있다는 걸 알고 있지? 비늘은 물고기 종류에 따라 모양과 크기가 다양해. 뱀장어의 비늘은 현미경으로 볼 만큼 작고, 잉어의 비늘은 엄지손톱만큼 커.
㈏ 물고기 비늘은 크게 둥근비늘, 빗비늘, 굳비늘, 방패 비늘로 나눌 수 있어. 둥근비늘은 이름처럼 비늘 모양이 둥글고 가장자리가 매끄러워. 잉어, 연어, 정어리, 꽁치 등 많은 물고기가 둥근비늘을 갖고 있지. 농어, 망둥이 등은 작은 빗처럼 생긴 빗비늘을 가졌어. 비늘 가장자리에 톱니 같은 작은 가시가 돋아나 있지. 굳비늘은 철갑상어의 비늘로, 딱딱하면서 광택이 나는 마름모꼴 모양이야. 방패 비늘은 표면이 까슬까슬한 비늘인데, 상어와 가오리의 비늘이 방패 비늘이란다.

(2) 중심 낱말:

주제 탐구

요약이란 글에 있는 중요한 내용을 간략하게 간추리는 것입니다. 요약을 할 때는 사소한 내용은 삭제하고 중요한 내용만 연결해 이해할 수 있게 간추리도록 합니다. 글을 요약하면 글의 내용을 잘 이해할 수 있고, 중요한 내용을 쉽게 파악할 수 있습니다.

1 생각 그물로 ㈏의 내용을 요약할 때 빈칸에 알맞은 말을 쓰세요.

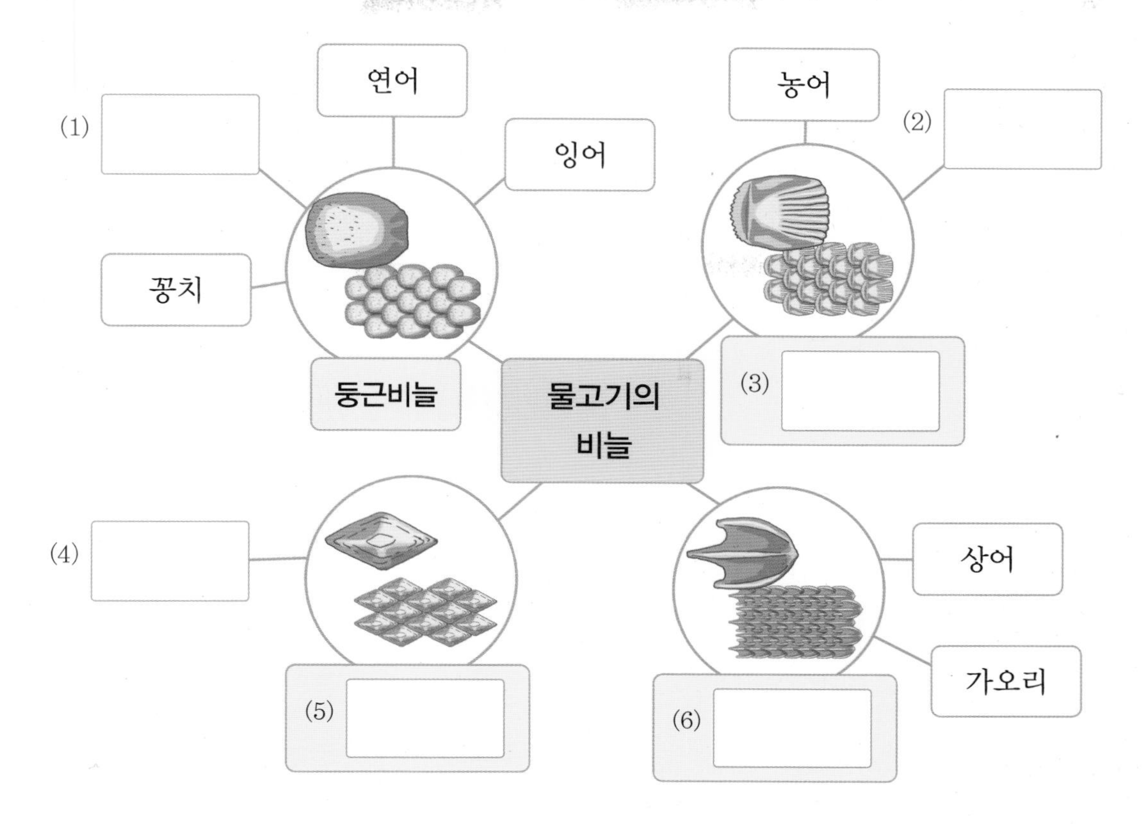

2 ㈎, ㈏의 중요한 내용을 알맞게 요약한 글에 ○표 하세요.

(1) 물고기는 대부분 몸 표면이 비늘로 덮여 있는데, 비늘은 물고기의 종류에 따라 모양과 크기가 다양하다. 예로 뱀장어의 비늘은 아주 작고, 잉어의 비늘은 엄지손톱만큼 크다. ( )

(2) 물고기 종류에 따라 비늘의 모양과 크기가 다양한데, 비늘은 크게 둥근비늘, 빗비늘, 굳비늘, 방패 비늘로 나눌 수 있다. 둥근비늘은 모양이 둥글고, 빗비늘은 가장자리에 가시가 돋아 있다. 굳비늘은 딱딱하면서 마름모꼴 모양이며, 방패 비늘은 표면이 까슬까슬하다. ( )

(3) 잉어, 연어, 정어리 꽁치 등 많은 물고기가 둥근비늘을 갖고 있다. 그리고 농어, 망둥이 등의 물고기 비늘은 빗비늘이다. 철갑상어는 굳비늘을 갖고 있으며, 상어와 가오리의 비늘은 방패 비늘이다. ( )

유형 1 글의 중심 낱말 찾기

글에서 여러 번 반복되어 나타나는 중요한 낱말이 무엇인지 찾습니다.

입자 물질을 구성하는 미세한 크기의 물체.

1 이 글의 중심 낱말은 무엇입니까? (   )

과학

어떤 물질이 다른 물질에 녹아서 고르게 섞이는 현상을 '용해'라고 합니다. 예로 설탕이 물에 녹아서 설탕물이 되는 것을 일컬어 설탕이 물에 '용해되었다'라고 표현할 수 있습니다. 물질이 본래의 성질을 잃지 않고 분리될 수 있는 최소한의 입자를 분자라고 하는데, 설탕 분자와 물 분자 사이에는 서로 끌어당기는 힘이 작용합니다. 그래서 설탕 알갱이가 분자 형태로 떨어져 나가 물 분자 사이사이에 섞이는 용해 현상이 일어나는 것입니다.

① 물 ② 설탕 ③ 물질
④ 용해 ⑤ 분자

유형 2 삭제할 내용 파악하기

데칼코마니 기법으로 그림을 그릴 때 반드시 알아야 내용이 아닌, 덜 중요한 정보가 무엇인지 찾습니다.

대칭적인 균형을 위하여 중심선의 상하 또는 좌우를 같게 배치한 화면 구성을 이루고 있는.

2 ㉠~㉤ 중 이 글을 요약할 때 삭제해도 되는 내용을 모두 골라 기호를 쓰세요. (   )

미술

데칼코마니는 대칭적인 무늬를 만드는 회화 기법이야. ㉠데칼코마니 기법으로 그림을 그리려면, 먼저 종이에 그림물감을 두껍게 칠해야 해. ㉡빨간색, 노란색, 초록색, 검정색 등 어떤 색이든 상관없어. 마음에 드는 색깔의 물감을 마음대로 칠해 보렴. ㉢그다음에 종이를 반으로 접거나 다른 종이를 덮어서 찍어 내면 돼. ㉣종이를 덮은 다음에 손으로 슬슬 문지르면 아무래도 더 잘 찍히겠지? 맞붙은 종이는 살살 떼어 내고 말이야. ㉤어때? 대칭 무늬 그림이 뚝딱 완성됐지?

3 이 글을 요약한 생각 그물의 빈칸에 알맞은 말을 찾아 쓰세요.

사회

유형 3 생각 그물로 글의 내용 요약하기

글에서 설명한 생산의 3요소가 무엇인지, 각 요소의 예로 무엇을 들 수 있는지를 파악합니다.

물건을 생산하려면 꼭 필요한 세 가지 요소가 있습니다. 토지, 노동력, 자본입니다. 이를 생산의 3요소라고 부릅니다.

토지란 사람이 생활하고 활동하는 데 이용하는 땅입니다. 농사를 짓는 농경지, 집을 짓고 사는 주거지 등이 토지에 해당합니다.

노동력은 사람이 필요한 것을 얻기 위해 들이는 노력이라고 할 수 있습니다. 육체적인 노력뿐 아니라 정신적인 노력도 노동력에 포함됩니다.

자본이란 물건을 만드는 데 들어가는 돈입니다. 돈으로 물건을 만드는 데 필요한 재료와 기계를 사고, 시설을 갖춥니다.

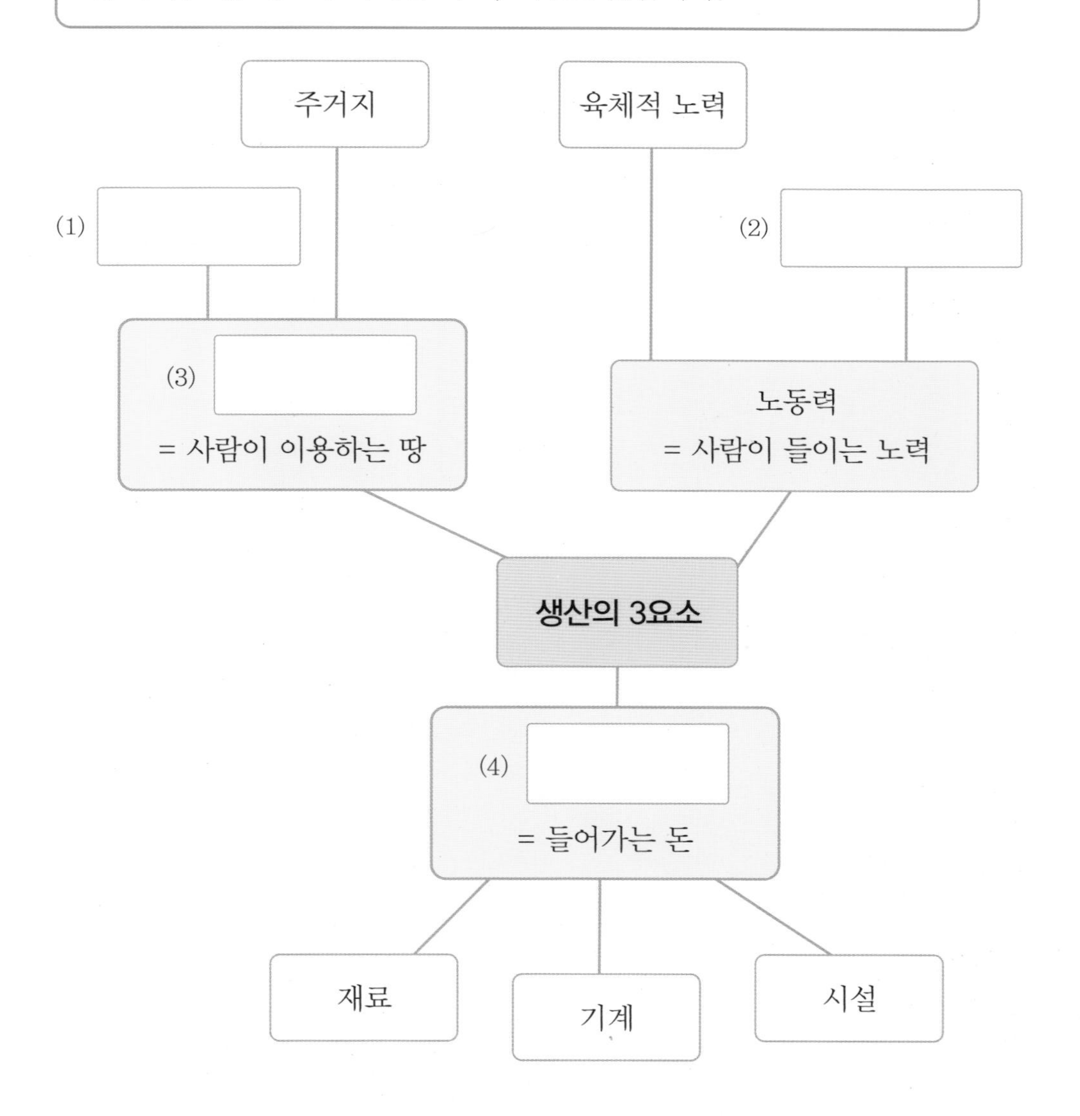

●**글의 종류** 설명문

●**글의 특징** 이 글은 공룡이 멸종한 이유에 대한 다양한 가설을 설명한 글입니다.

●**중심 내용**
1문단 오랫동안 전 대륙에 걸쳐 번성했던 공룡이 사라진 원인을 살펴봄.
2문단 '운석 충돌설'은 지구에 운석이 충돌해서 공룡이 멸종했다는 가설임.
3문단 '화산 활동설'은 지구의 화산 활동으로 공룡이 멸종했다는 가설임.
4문단 '기후 변화설'은 기온이 급격히 떨어지자 공룡이 적응하지 못해서 멸종했다는 가설임.
5문단 이 외에도 알 도둑설, 초신성 폭발설, 알 이상설 등 다양한 가설이 있음.

●**낱말 풀이**
지대하다 더 없이 크다.
가설 어떤 사실을 설명하거나 어떤 이론에서 원리를 끌어내기 위해서 설정한 가정.
운석 우주에서 날아온 돌.
희박하지만 어떤 일이 이루어질 가능성이 적지만.

지문 ★★☆

낱말 ★★☆

먼 옛날 지구를 누볐던 거대하고 신비로운 동물 공룡, 공룡에 대한 사람들의 관심은 지대하다. 공룡은 중생대에 존재한 파충류로, 지금으로부터 약 2억 년 전 지구에 나타나 자그마치 1억 5,000만 년가량 살았다. 그러나 이제 지구에는 공룡이 살았던 흔적만이 화석으로 남아 있다. 오랫동안 전 대륙에 걸쳐서 번성했던 공룡이 사라진 원인은 무엇일까?

이에 대해 학자들은 다양한 의견을 내놓았다. 그 가운데서 가장 많은 지지를 얻는 가설은 '운석 충돌설'이다. 우주에서 날아오는 거대한 운석이 지구에 충돌하면 엄청나게 많은 먼지가 발생한다. 이 먼지가 태양 빛이 지표면에 닿는 것을 가리기 때문에 식물은 제대로 자랄 수가 없다. 그래서 식물을 먹고 사는 초식 공룡이 먼저 굶어 죽고, 이어서 초식 공룡을 먹고 사는 육식 공룡이 차례로 굶어 죽었을 것이라고 추측하는 것이다.

또 다른 가설은 '화산 활동설'이다. 공룡이 살았던 시대의 지구 곳곳에 화산 활동이 활발하게 일어나 화산재가 대기를 가득 메웠다는 것이다. 그러면 운석이 충돌했을 때와 비슷한 환경이 만들어지기 때문에 공룡의 멸종 과정 역시 비슷하게 진행되었을 것이라고 짐작한다.

지구의 기온이 급격하게 떨어졌다는 '기후 변화설'도 있다. ㉠기온이 뚝 떨어지면, 초식 공룡이 먹을 수 있는 식물이 줄어든다. 먹이가 줄어들면 굶어 죽는 공룡이 늘어난다. 또, 공룡은 주위 온도에 따라 몸의 온도가 변하는 변온 동물이라서 기온이 떨어지면 몸의 움직임이 둔해진다. 그래서 공룡이 기후 변화에 적응하지 못하고 멸종했다는 가설이다.

이 외에도 가능성은 희박하지만 재미있는 여러 가설이 있다. 포유류가 공룡의 알을 훔쳐 먹어서 공룡이 사라졌다는 '알 도둑설', 지구 가까이에서 별이 폭발해 해로운 방사선이 내리쬐어 공룡이 멸종했다는 '초신성 폭발설', 스트레스를 받은 공룡이 비정상적으로 껍질이 얇거나 두꺼운 알을 낳게 되어서 멸종했다는 '알 이상설' 등이다.

1 이 글은 무엇에 대해 설명하는 글입니까? (　　　)

이해

① 공룡의 탄생　② 공룡이 사라진 까닭
③ 초식 공룡과 육식 공룡　④ 지구에서 가장 신비로운 동물
⑤ 지구의 나이를 계산하는 방법

붙임 딱지 붙여요.

2 다음 중 학자들에게 가장 많은 지지를 얻은 가설은 무엇입니까? (　　　)

이해

① 알 이상설　② 운석 충돌설　③ 화산 활동설
④ 기후 변화설　⑤ 초신성 폭발설

3 ㉠을 원인과 결과로 정리할 때 결과에 들어갈 알맞은 내용을 쓰세요.

구조

원인	기온이 떨어지면 초식 공룡이 먹을 수 있는 식물이 줄어들고, 공룡의 움직임도 둔해진다.
결과	

4 이 글의 내용을 생각 그물로 요약할 때 빈칸에 들어갈 알맞은 말을 쓰세요.

구조

공룡의 멸종
- 운석 충돌설
- (　　　　)
- 기후 변화설
- (　　　　)
- 초신성 폭발설
- 알 이상설

12 글의 구조에 따라 요약하기

3주

★ 설명하는 글의 구조를 살펴보며 어울리는 틀을 선으로 이으세요.

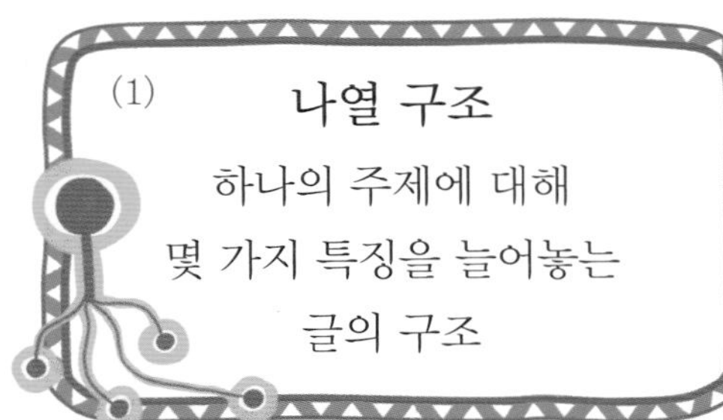

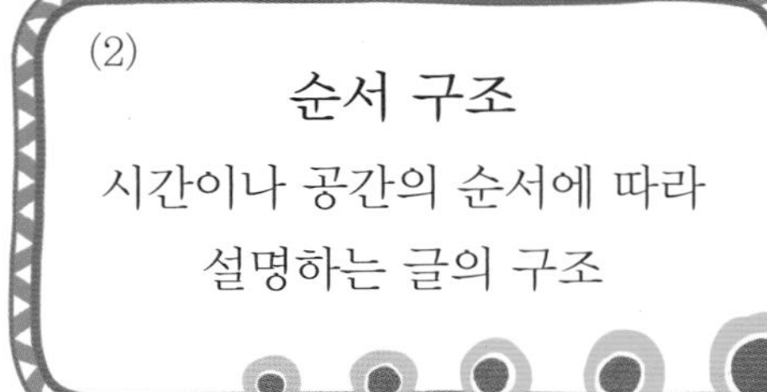

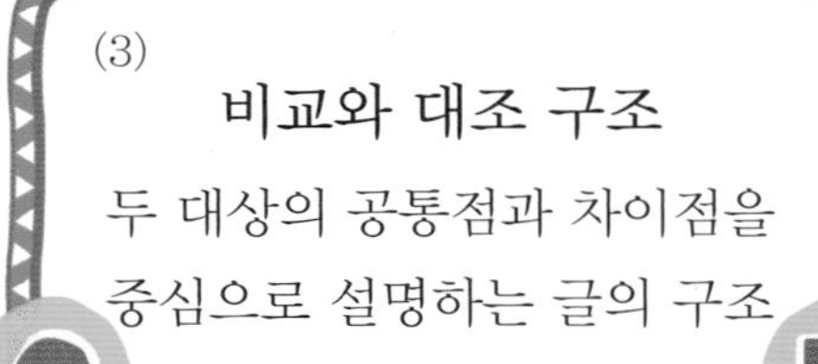

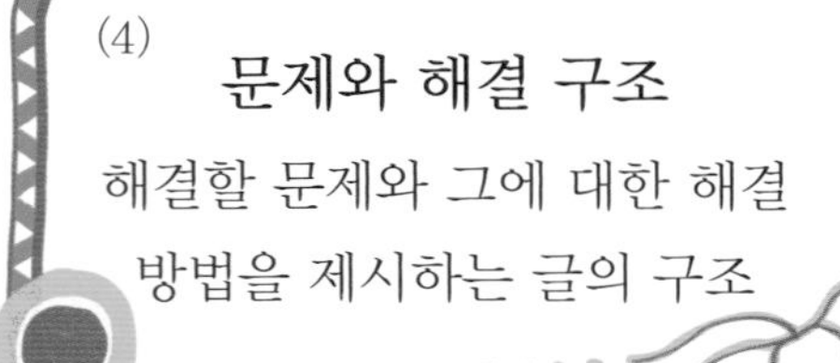

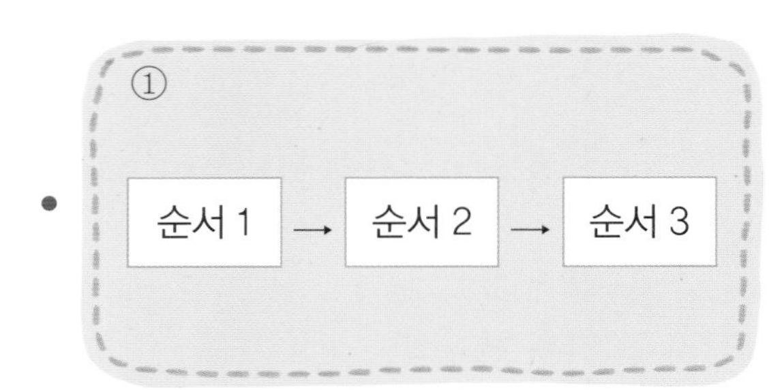

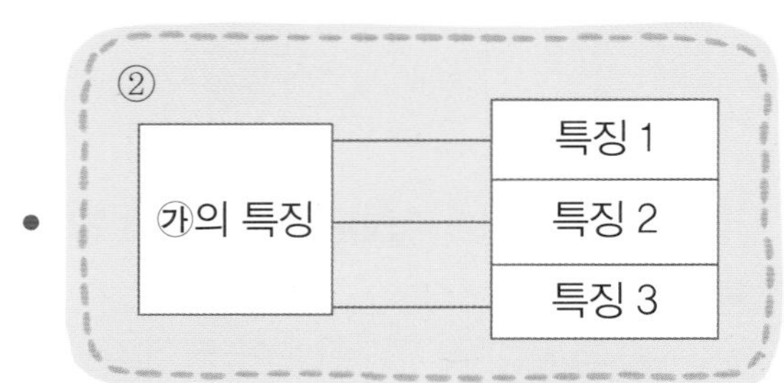

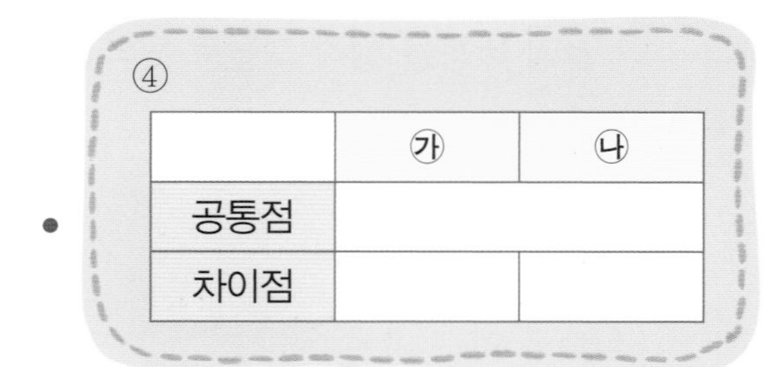

④

	㉮	㉯
공통점		
차이점		

주제 탐구

글을 요약할 때 글의 구조를 파악하면 글 전체의 내용을 더욱 잘 이해할 수 있습니다. 글을 읽고 구조를 파악한 뒤에 중심 내용을 간추립니다. 그리고 글의 구조에 적당한 틀을 골라 각 문단의 중심 내용을 정리한 다음 그 내용을 간결하게 다듬고 정리합니다.

● (1~2) 다음을 읽고 물음에 답하세요.

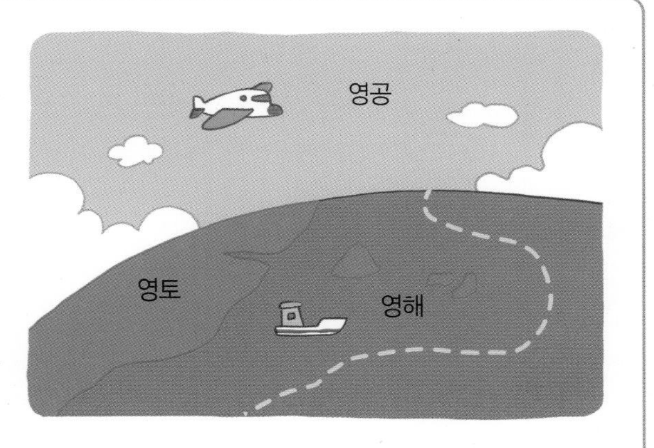

(가) 국토란 국가의 주권이 미치는 범위로, 외부의 침입에서 보호를 받는 영역이에요. 국토는 국민이 살아가는 삶의 터전이지요. 크게 영토, 영해, 영공으로 이루어져 있어요.

(나) 영토는 나라의 주권이 미치는 땅의 범위예요. 영토는 국가의 기본 영역이자, 영해와 영공을 정하는 기준이에요. 육지와 섬이 영토에 포함돼요.

영해는 주권이 미치는 해역의 범위로, 영토에 닿아 있는 바다 지역이에요. 예로 우리나라의 영해는 육지와 섬에서 12해리(약 22km)까지랍니다.

영공은 주권이 미치는 하늘의 범위예요. 영해의 한계선에서 수직으로 그은 선 안의 공간이 영공이에요.

1 ㉮~㉱ 중 (가)의 내용을 가장 잘 요약한 것의 기호를 쓰세요. (　　　)

㉮ 국토란 국민이 살아가는 삶의 터전이다.
㉯ 국토는 외부의 침입에서 보호를 받는 영역이다.
㉰ 국토란 국가의 주권이 미치는 범위로, 영토, 영해, 영공으로 이루어져 있다.
㉱ 국토란 국가의 주권이 미치는 범위로, 외부의 침입에서 보호를 받는 영역이다.

2 구조 틀을 이용해 (나)의 내용을 요약할 때, 빈칸에 알맞은 내용을 쓰세요.

국토의 구성 요소	영토는 나라의 주권이 미치는 땅의 범위이다.
	(1)
	(2)

유형 1 중심 문장 파악하기

두 문단으로 이루어진 글에서 문단을 대표하는 중심 문장을 찾습니다.

분해해서 여러 부분이 결합되어 이루어진 것을 그 낱낱으로 나누어서.

1 이 글의 중심 문장끼리 짝지은 것은 무엇입니까? (　　　)

과학

㉠세균은 눈에 보이지 않지만 우리 주변 어디에나 있어요. ㉡흙 속에도 있고, 물속에도 있고, 공기 속에도 있지요. 심지어 동물의 위나 장, 피부 등 다른 생물의 몸속에도 다양한 세균이 살아요.

㉢세균은 죽은 식물과 동물을 분해해서 자연으로 되돌려 보내는 일을 해요. ㉣김치와 된장, 간장을 맛 좋게 발효시키지만, 음식을 상하게 만들기도 하지요. 콜레라균이나 파상풍균 같은 세균은 무서운 질병을 일으켜요. ㉤이처럼 세균은 여러 가지 일을 하며 우리에게 이익을 주기도 하고 해를 주기도 해요.

① ㉠, ㉢　② ㉠, ㉣　③ ㉡, ㉣
④ ㉠, ㉡　⑤ ㉠, ㉤

유형 2 글의 구조 파악하기

다람쥐와 청설모의 공통점과 차이점을 설명한 글에 알맞은 구조 틀이 무엇인지 찾습니다.

2 이 글을 요약하기에 알맞은 구조 틀에 ○표 하세요.

과학

다람쥐와 청설모는 비슷한 점이 많다. 둘 다 다람쥣과에 속하고, 작은 몸집에 꼬리가 북슬북슬 탐스럽다. 큰 나무가 많은 숲에 살며 나무를 잘 탄다는 공통점이 있다. 그러나 다른 점도 많다. 다람쥐는 몸 빛깔이 붉은빛을 띤 갈색이고 청설모의 몸 빛깔은 짙은 회색이다. 다람쥐의 몸길이는 15~16센티미터, 청설모의 몸길이는 20~25센티미터로 청설모가 다람쥐보다 더 크다. 다람쥐는 주로 땅 위에서 생활하는 반면, 청설모는 주로 나무 위에서 산다. 또, 다람쥐는 겨울이면 겨울잠을 자지만 청설모는 겨울잠을 자지 않는다.

(1) 나열 구조 (　　　)　(2) 순서 구조 (　　　)
(3) 비교와 대조 구조 (　　　)　(4) 문제와 해결 구조 (　　　)

3 이 글을 구조에 따라 요약할 때, 빈칸에 들어갈 내용을 쓰세요.

사회

780년 무렵부터 신라에는 치열한 왕위 다툼이 벌어졌어. 당시 백성들은 연이은 흉년으로 굶주림에 시달리고 있었어. 하지만 신라의 왕과 귀족들은 나랏일을 뒷전으로 미룬 채, 서라벌에서 권력을 차지하는 데만 신경 썼지.

그러자 지방 곳곳에서 경제력과 군사력을 가진 호족들이 왕과 귀족에게 맞서기 시작했어. 지방 호족들 중에서 견훤은 옛 백제 땅에 '후백제'라는 나라를 세웠어. 궁예는 옛 고구려 땅에 '후고구려'를 세웠단다. 신라가 다시 세 나라로 나뉜 거야.

후백제와 후고구려는 서로 통일을 이루려고 힘겨루기를 했어. 918년, 후고구려에서는 왕건이 궁예를 내쫓고 왕위에 올랐어. 왕건은 후고구려의 이름을 '고려'로 바꾼 뒤 후백제와의 싸움을 계속해 나갔지.

그러던 때에 후백제에 왕위 다툼이 일어나서 견훤이 왕위에서 쫓겨났어. 절에 갇혀 있던 견훤은 간신히 도망쳐서 고려의 왕건에게로 갔지.

그 소식을 들은 신라의 경순왕은 고려가 후백제를 꺾고, 신라로 쳐들어올 일만 남았다고 보았어. 고려와 전쟁을 벌인다면 애꿎은 백성들만 목숨을 잃을 것이라고 생각했지. 그래서 935년, 신라를 고려의 왕건에게 내주었어. 이로써 신라는 역사의 무대 뒤로 영영 사라졌지.

신라의 멸망 과정

신라의 왕과 귀족들은 나랏일을 뒷전으로 미루고 권력을 차지하는 데만 신경 썼다.

후백제와 후고구려가 들어서며 신라가 다시 세 나라로 나뉘었다.

후백제와 후고구려가 서로 통일을 이루려고 힘겨루기를 했다.

(빈칸)

935년, 경순왕이 신라를 고려의 왕건에게 내주며 신라가 사라졌다.

유형 3 글의 구조에 따라 요약하기

신라의 멸망 과정을 시간 순서대로 설명한 글에서 후백제와 후고구려가 힘겨루기 한 다음에 일어난 일을 찾습니다.

치열한 기세나 세력 따위가 불길같이 맹렬한.
뒷전 나중의 차례.
애꿎은 아무런 잘못 없이 억울한.

●**글의 종류** 논설문

●**글의 특징** 이 글은 많은 무형 문화재가 사라질 위기에 처한 문제를 해결하기 위해 정부의 지원과 노력, 우리 모두의 관심이 필요하다고 주장하고 있습니다.

●**중심 내용**
(가) 형체가 없는 무형 문화재는 기능을 보유한 사람이 사라지면 무형 문화재도 사라지게 됨.
(나) 현재 많은 무형 문화재가 사라질 위기에 처해 있음.
(다) 사라질 위기에 처한 무형 문화재를 보전하고 전승하기 위해 정부의 지원과 노력이 필요함.
(라) 우리 모두가 무형 문화재에 관심을 갖는 것이 가장 좋은 해결 방법임.
(마) 우리 조상들의 지혜와 솜씨, 신명을 느낄 수 있는 무형 문화재에 관심과 노력을 기울여야 함.

●**낱말 풀이**
보유한 가지고 있거나 간직하고 있는.
전승되는 문화·풍속·제도 따위를 이어받아 계승하는.
취약 무르고 약함.
보전하고 온전하게 보호하여 유지하고.
신명 흥겨운 신이나 멋.

지문 ★★☆
낱말 ★★☆

(가) 무형 문화재는 연극, 음악, 무용, 기술처럼 일정한 형체가 없는 문화재를 말합니다. 예를 들어 판소리를 하는 사람, 탈춤을 추는 사람, 옹기를 만드는 사람, 한지를 만드는 사람처럼 그 기능을 보유한 사람이 무형 문화재로 지정됩니다. 따라서 이들이 다른 사람에게 기능을 대대로 전하는 것이 무형 문화재가 전승되는 길이고, 기능을 보유한 사람이 없어지면 무형 문화재도 사라지는 것입니다.

(나) 그런데 현재 많은 무형 문화재가 사라질 위기에 처해 있습니다. 무형 문화재로 지정된 사람들은 나이가 들어 가는데, 기능을 배우려는 사람은 점점 줄어들고 있기 때문입니다. 최근 『○○ 신문』에 실린 기사에 따르면, '전승 취약 종목'으로 구분된 무형 문화재가 전체의 약 25퍼센트나 된다고 합니다. 또, 수십 년에 걸쳐서 힘들게 기능을 배웠지만, 사람들에게 선보일 무대나 만든 물건을 팔 길이 없어서 경제적으로 큰 어려움을 겪는 경우도 많습니다.

(다) 사라질 위기에 처한 무형 문화재를 보전하고 전승하기 위해서는 정부의 지원과 노력이 필요합니다. 정부가 무형 문화재 보유자와 교육생을 적극적으로 지원하고, 무형 문화재 공연장과 전시장, 체험장 등을 만들어서 무형 문화재를 널리 알리는 것입니다.

(라) 그리고 가장 좋은 해결 방법은 우리 모두가 무형 문화재에 관심을 갖는 것입니다. 정부가 아무리 무형 문화재를 알리려는 노력을 기울여도, 사람들이 관심을 갖지 않는다면 소용이 없습니다. 우리가 우리의 춤과 소리를 즐기고, 전통 공예품을 자주 쓰는 것이 사라질 위기에 처한 무형 문화재를 지키는 길입니다.

(마) 무형 문화재는 우리 조상들의 지혜와 솜씨, 신명을 생생하게 느낄 수 있는 소중한 문화유산입니다. 사라진 무형 문화재는 되살릴 길이 없습니다. 지금이라도 사라지는 무형 문화재가 없도록 함께 관심과 노력을 기울입시다.

1 이 글의 중심 낱말은 무엇입니까? (　　　)

이해

① 전승　② 위기　③ 보유자
④ 문화재　⑤ 무형 문화재

3주 2일 학습 끝!
붙임 딱지 붙여요.

2 이 글의 내용으로 알맞지 않은 것은 무엇입니까? (　　　)

이해

① 무형 문화재는 일정한 형체가 없는 문화재를 말한다.
② 기능을 보유한 사람이 없어지면 무형 문화재도 사라지게 된다.
③ 무형 문화재로 지정된 사람에게 기능을 배우려는 사람이 늘고 있다.
④ 무형 문화재는 조상들의 지혜와 솜씨, 신명을 느낄 수 있는 문화유산이다.
⑤ 무형 문화재를 지키는 길은 우리의 춤과 소리를 즐기고, 전통 공예품을 자주 쓰는 것이다.

3 (나)~(라)의 내용을 구조 틀에 알맞게 정리할 때 빈칸에 들어갈 내용을 쓰세요.

구조

문제점
(1)

해결 방법 1	해결 방법 2
정부의 지원과 노력이 필요하다.	(2)

4 (가)~(마) 중 '결론'에 해당하는 문단은 어느 것입니까? (　　　)

구조

① (가)　② (라)　③ (마)
④ (라), (마)　⑤ (다), (라), (마)

13 조사 내용을 담은 발표 자료 읽기

★ 발표 원고의 구성에 들어갈 내용을 선으로 이으세요.

주제 탐구

발표 원고는 '시작하는 말, 전달하려는 내용, 끝맺는 말'로 구성되어 있습니다. 시작하는 말에는 모둠 이름, 조사 주제, 발표 제목이, 전달하려는 내용에는 자료와 설명하는 말이 들어갑니다. 끝맺는 말에는 발표한 내용, 모둠의 의견이나 전망이 들어갑니다.

1 이 글은 발표할 원고의 구성 중 어디에 해당하는지 보기 에서 골라 기호를 쓰세요.

( )

보기

㉮ 시작하는 말 ㉯ 전달하려는 내용 ㉰ 끝맺는 말

우리 푸른 하늘 모둠에서는 미세 먼지가 우리 생활에 끼치는 영향에 대해 조사했습니다. 발표 제목은 '미세 먼지가 우리를 습격한다!'입니다.

2 (가), (나)의 자료를 통해 전달하려는 내용을 알맞게 짐작한 친구에 ○표 하세요.

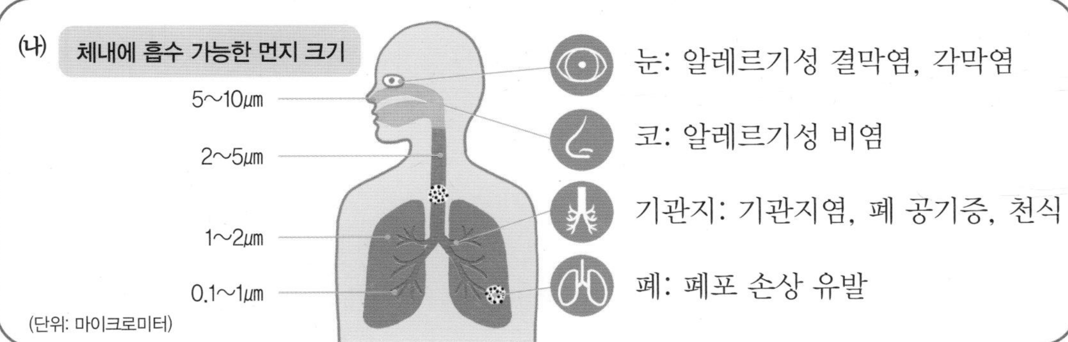

(1) 미세 먼지가 심한 날에는 마스크를 꼭 써야 한다는 것을 알려 주고 있어.

(2) 신체의 각 기관에서 발생하는 질병을 쉽게 알려 주는구나.

(3) 미세 먼지가 우리에게 여러 가지 악영향을 끼친다는 것을 전하려는 거야.

유형 1 발표 원고의 구성 파악하기

㈎와 ㈏가 시작하는 말, 전달하려는 내용, 끝맺는 말 중 어디에 해당하는지 파악합니다.

1 국어

㈎, ㈏의 발표 원고에 대한 설명으로 맞으면 ○표, 틀리면 X표 하세요.

㈎ 우리 최강 모둠에서는 우리 지역의 문화재를 조사했습니다. 발표 제목은 '우리 지역의 문화재를 찾아서!'입니다.
㈏ 지금까지 우리 지역의 문화재를 조사해 발표했습니다. 우리 지역에는 생각보다 많은 문화재가 있었습니다. 그러나 우리를 비롯해 많은 사람이 그것을 모르는 것이 아쉬웠습니다. 우리 지역의 소중한 문화재에 관심을 갖고, 또 우리 지역 문화재를 널리 알립시다.

(1) ㈎는 시작하는 말에 해당한다. ( )
(2) ㈏에는 모둠의 의견이 들어 있다. ( )
(3) ㈏는 자료를 설명하는 말에 해당한다. ( )

유형 2 자료가 전달하려는 내용 파악하기

산불이 바람을 타고 번지는 동영상 자료와 설명하는 말이 공통으로 전달하려는 내용을 파악합니다.

감안해서 여러 사정을 참고하여 생각해서.

2 사회

이 발표 자료에서 전달하려는 내용을 알맞게 파악한 친구에 ○표 하세요.

자료	방송 뉴스 가운데에서 산불이 바람을 타고 번지는 모습을 촬영한 동영상 보여 주기(출처: ○○방송 9시 뉴스)
설명하는 말	○○방송 뉴스에서 산불이 번지는 모습을 촬영한 영상을 짧게 보여 드리겠습니다. 동영상을 보면 산불이 바람이 부는 쪽으로 번지는 것을 알 수 있습니다. 또, 불씨가 바람을 타고 날아가는 모습도 보입니다. 따라서 산불이 번져서 위험에 처했을 경우에는 바람의 방향을 감안해서 바람이 부는 반대쪽으로 피해야 합니다.

(1) 산불이 번지는 과정을 실감나게 알려 주려는 거야.

(2) 불씨가 바람을 타고 날아가서 산불이 날 수도 있다는 내용을 전하고 있어.

(3) 산불이 번질 때는 바람 부는 반대쪽으로 대피해야 한다고 알려 주었어.

3 국어

이 발표 자료에 대한 설명으로 알맞지 <u>않은</u> 것은 무엇입니까? (   )

시작하는 말

우리 은하수 모둠에서는 친구와 화해하는 방법에 대해 조사했습니다. 발표 제목은 '친구야, 미안해. 화해하자!' 입니다.

자료

반 친구들을 대상으로 실시한 설문 조사 자료 보여 주기(출처: ○○초등학교 5학년 2반 친구들)

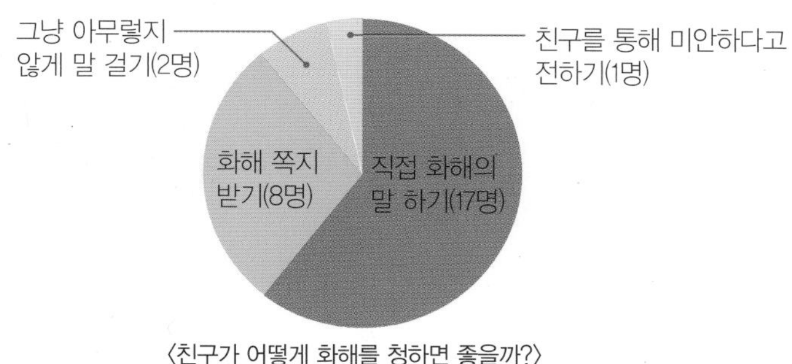

〈친구가 어떻게 화해를 청하면 좋을까?〉

설명하는 말

우리 반 친구들을 대상으로 한 설문 조사 자료를 보여 드리겠습니다. '친구가 어떻게 화해를 청하면 좋을까?'라는 설문 조사에서 '직접 화해의 말 하기'라고 대답한 친구가 전체 28명 중 17명으로 가장 많았습니다. 그리고 '화해 쪽지 받기'라는 응답이 8명, '그냥 아무렇지 않게 말 걸기'가 2명, '친구를 통해 미안하다고 전하기'는 1명이었습니다.

끝맺는 말

지금까지 친구와 화해하는 방법을 조사해 발표했습니다. 이 조사에서 친구와 다투고 났을 때 화해하자고 직접 말해 주기를 바라는 친구가 가장 많다는 것을 알 수 있었습니다. ㉠<u>친구와 다투고 화해하고 싶을 때는 용기 내어 이렇게 말합시다. "친구야, 미안해. 화해하자!"</u>

① 발표자는 은하수 모둠이다.
② 끝맺는 말에서 ㉠은 발표한 내용이다.
③ 조사 주제는 친구와 화해하는 방법이다.
④ 반 친구들을 대상으로 실시한 설문 조사 자료를 제시했다.
⑤ 설문 조사에서 '직접 화해의 말 하기'라는 응답이 가장 많았다.

유형 3 발표 원고의 내용 파악하기

시작하는 말과 설명하는 말, 끝맺는 말에 들어갈 내용이 알맞게 정리되어 있는지 파악합니다.

●글의 종류 발표 원고

●글의 특징 이 글은 발표 주제에 대해 조사한 결과를 발표하기 위해 작성한 원고입니다.

●중심 내용
(가) 한글 사랑 모둠은 우리가 무심히 사용하는 '우리말에 남아 있는 일본어 찌꺼기 표현'을 주제로 발표함.
(나) 방송 프로그램에서 잘못된 표현을 사용하는 동영상 자료를 제시함.
(다) 방송 프로그램에서 출연자들이 사용한 일본어 찌꺼기 표현에 대해 설명함.
(라) 자료를 제시함.
(마) 사람들이 많이 사용하는 일본어 찌꺼기 표현에 대해 설명함.
(바) 발표 내용을 정리하고 일본어 표현 대신 아름답고 소중한 우리말을 사용하자는 모둠의 의견을 밝힘.

●낱말 풀이
무심히 아무런 생각이나 감정 따위가 없이.

지문 ★★☆

낱말 ★☆☆

(가) 한때 우리나라는 일본에 나라를 빼앗기고, 일본의 지배를 받아야 했습니다. 일제 강점기에 일본은 우리말 사용을 금지하고 강제로 일본어를 사용하게 했습니다. 그로 인해 지금도 우리말에 일본어 찌꺼기가 많이 남아 있고, 우리도 무심히 사용하고 있습니다. 그래서 우리 한글 사랑 모둠에서는 우리말에 남아 있는 일본어 찌꺼기 표현을 조사했습니다. 발표 제목은 '우리말에 남아 있는 일본어 찌꺼기 표현'입니다.

(나) ○○방송 ○○ 프로그램에서 출연자들이 일본어 찌꺼기를 사용하는 동영상 보여 주기(출처: ○○방송 ○○ 프로그램)

(다) ○○방송사에서 방송한 ○○ 프로그램의 한 장면을 짧게 보여 드리겠습니다. 이 영상에서 한 출연자가 "땡깡 부리지 마세요."라고 하자, 다른 출연자가 "그럴 수도 있지. 그렇다고 쿠사리를 줍니까?" 하고 말합니다. '땡깡'은 '발작을 일으킨다.'는 뜻의 일본말인데, '투정'을 부린다는 뜻으로 종종 쓰입니다. 그리고 '쿠사리'는 '핀잔'이라는 뜻의 일본말입니다.

(라)

(마) 이 자료는 사람들이 많이 사용하는 일본어 표현입니다. '샐러드'를 '사라다'라고 부르거나 '어묵'을 '오뎅', '목도리'를 '마후라', '이해심'을 '유도리', '깨짐'을 '나가리'로 표현하는 등 우리말 속에 남아 있는 일본어 찌꺼기가 이렇게 많습니다.

(바) 지금까지 우리말에 남아 있는 일본어 찌꺼기에 대해 조사해 발표했습니다. 우리말 속에는 알게 모르게 일본어 찌꺼기가 많이 남아 있습니다. 그리고 이 말들은 모두 우리말로 표현할 수 있습니다. 일본어 표현 대신 아름답고 소중한 우리말을 사용합시다.

1 이 발표 내용에서 시작하는 말에 해당하는 것의 기호를 쓰세요.

구조

( )

3주 3일
학습 끝!

붙임 딱지 붙여요.

2 ㈑에 들어갈 알맞은 자료는 무엇입니까? ( )

추론

① 일본에 대한 사진 자료
② 사람들이 알고 있는 일본어 표현 자료
③ 사람들이 많이 사용하는 일본어 표현 자료
④ 일본어를 사용하는 까닭에 대한 면담 자료
⑤ 우리말로 바꾸어 쓸 수 없는 일본어 표현 자료

3 이 발표에서 전달하려는 내용을 잘못 말한 친구에 ○표 하세요.

이해

(1) 우리가 아는 일본어가 꽤 많다는 것을 전달하고 있구나.

(2) 우리말에 일본어 찌꺼기가 많이 남아 있다는 것을 알려 주고 있어.

(3) 일본어 표현 대신 소중한 우리말을 사용하자는 뜻을 전하려는 거야.

4 자료를 잘 활용했는지 점검할 내용으로 알맞지 않은 것은 무엇입니까? ( )

비판

① 인터넷에서 찾은 글인지 확인한다.
② 출처를 정확히 표시했는지 확인한다.
③ 사실이 아닌 내용을 썼는지 확인한다.
④ 과장한 내용을 쓰지 않았는지 확인한다.
⑤ 발표 내용에 알맞은 자료를 골랐는지 확인한다.

14 시에서 말하는 이 파악하기

3주

★ 시에서 '말하는 이'에 대한 설명으로 알맞은 것을 골라 정인이에게 길을 찾아 주세요.

주제 탐구

시에서 말하는 이는 겉으로 드러나기도 하고, 숨어 있기도 합니다. 또, 말하는 이는 시인 자신일 수도 있고, 시인이 내세운 다른 인물이나 동식물, 사물일 수도 있습니다. 시에서 말하는 이가 누구냐에 따라 생각과 느낌이 달라집니다.

● (1~2) 다음을 읽고 물음에 답하세요.

화요일의 가로수 길에서

권영상

지금도 일요일이
우릴 향해 오고 있다는 걸 생각하면
즐겁지, 즐겁지.
가끔 화요일의 가로수 길을
걸어가다 보면 문득 그런 기분에 빠져.
저쪽 수, 목, 금, 토요일의 하늘 뒤에서
들릴락 말락 낮은 발소리를 내며
이쪽으로 오고 있을 일요일.
그 소리를 향해 귀를 열면
내 몸은 풀잎처럼 까불까불 까불대지.
시들었던 내 궁둥이가 빼딱빼딱 춤을 추지.
일요일이 이쪽으로 오고 있다는
그 생각만으로도
나는 즐겁지, 나는.

1 이 시에서 말하는 이를 알맞게 파악한 친구에 ○표 하세요.

(1) 이 시에서는 말하는 이가 겉으로 드러나지 않고 숨어 있어.

(2) 이 시에서는 말하는 이는 겉으로 드러나 있어.

(3) 시인은 말하는 이로 가로수 길을 내세웠구나.

2 이 시에서 말하는 이는 누구인지 찾아 쓰세요.

( )

유형 1 시의 내용 파악하기

시에서 말하는 이인 '나'와 동생이 한 일을 구별하는 문제입니다.

1 국어

이 시에서 말하는 이가 한 일이 아닌 것에 ○표 하세요.

엄마를 기다리며

이해인

동생과 둘이서
시장 가신 엄마를 기다리다가
나는 깜빡 잠이 들었습니다.

문득 눈을 떠 보니
"언니, 이것 봐!
우리 엄마 냄새 난다."

벽에 걸려 있는
엄마의 치마폭에 코를 대고
웃고 있는 내 동생

시장바구니 들고
골목길을 돌아오는
엄마 모습이 금방 보일 듯하여

나는 동생 손목을 잡고
밖으로 뛰어나갑니다.
엄마 기다리는 우리 마을에
빨간 노을이 물듭니다.

(1) 엄마를 기다리다 깜빡 잠이 든 일 ☐

(2) 엄마 치마폭에 코를 대고 웃은 일 ☐

(3) 동생 손을 잡고 밖으로 뛰어나간 일 ☐

2 이 시에서 말하는 이의 생각으로 알맞지 않은 것은 무엇입니까? (　　　)

국어

풀잎

박성룡

풀잎은
퍽도 아름다운 이름을 가졌어요.
우리가 '풀잎'이라고 그를 부를 때는,
우리들의 입 속에서는 푸른 휘파람 소리가 나거든요.

바람이 부는 날의 풀잎들은
왜 저리 몸을 흔들까요.
소나기가 오는 날의 풀잎들은
왜 저리 또 몸을 통통거릴까요.

그러나 풀잎은
퍽도 아름다운 이름을 가졌어요.
우리가 '풀잎', '풀잎' 하고 자꾸 부르면,
우리의 몸과 맘도 어느덧
푸른 풀잎이 돼 버리거든요.

① 풀잎과 하나가 되고 싶다고 생각한다.
② 풀잎이라는 이름이 아름답다고 생각한다.
③ 풀잎을 사람처럼 여기며 다정하게 바라보고 있다.
④ 바람이 왜 풀잎을 흔들어대는지 궁금하게 생각한다.
⑤ 풀잎을 발음할 때 나는 소리가 휘파람 소리 같다고 생각한다.

유형 2 말하는 이의 생각 파악하기

말하는 이가 풀잎에 대해 어떻게 생각하는지 파악하는 문제입니다.

퍽 보통 정도를 훨씬 넘게.
통통거릴까요 작은 물방울이나 덩이 따위가 떨어지는 소리가 잇따라 날까요.

●**글의 종류** 동시

●**글의 특징** 나이를 먹어 가는 나무와 나를 비교하며, 나무가 나이테를 그려 두는 것처럼 나는 일기장을 남긴다는 내용을 담은 시입니다.

●**중심 내용**
1연 나무들은 제 나이를 잊어버리지 않으려고 동그라미를 그려 둠.
2연 나는 동그라미를 그리는 대신 일기장을 남겨 놓음.
3연 일기장에는 커서 읽어 보면 부끄러울 이야기와 뉘우칠 이야기들이 적혀 있음.

●**낱말 풀이**
죄다 남김없이 모조리.
뉘우칠 스스로 잘못을 깨닫고 마음속으로 가책을 느낌.

지문 ★★☆

낱말 ★★☆

나무와 나

강소천

나무들은 제 나이를
잊어버리지 않기 위해서
한 살씩 나이를 먹을 때마다
㉠동그라미를 그려 둔대요.

나는 동그라미를 그리는 대신
㉡ 하나씩을 남겨 놓지요.

그 일기장엔
날마다 지낸 그대로의 이야기가
죄다 적혀 있어요.
커서 읽어 보면 부끄러울 이야기
뉘우칠 이야기들이
얼마든지 있을 거예요.

1 이 시에서 말하는 이는 누구인지 찾아 쓰세요.

이해

( )

3주 4일 학습 끝!

붙임 딱지 붙여요.

2 ㉠의 뜻을 알맞게 짐작한 친구에 ○표 하세요.

추론

(1) 나무가 동그런 형태로 자란다는 뜻이야.

(2) 나무가 나이테를 만든다는 뜻이야.

(3) 나무가 달력에 동그라미를 쳐 둔다는 뜻이지.

3 ㉡에 들어갈 알맞은 말은 무엇입니까? ( )

추론

① 달력 ② 나무 ③ 이야기
④ 일기장 ⑤ 동그라미

4 이 시의 내용으로 알맞은 것을 <u>모두</u> 고르세요. ( )

이해

① 말하는 이는 날마다 일기를 쓴다.
② 말하는 이는 다 커서 옛날에 쓴 일기를 읽고 있다.
③ 말하는 이는 일기장에 있었던 일을 솔직하게 쓴다.
④ 말하는 이는 나이를 한 살씩 먹을 때에만 일기를 쓴다.
⑤ 말하는 이는 일기장에 부끄러울 이야기와 뉘우칠 이야기만 쓴다.

15 이야기에서 인물 사이의 갈등 알기

3주

★ 이 글에서 갈등을 벌인 두 인물 사이에 ↔표를 하세요.

어느 겨울날 저녁, 사라가 친구들에게 인어 공주 이야기를 들려주고 있을 때였어요. 한 소녀가 무거운 석탄 양동이를 들고 방으로 들어왔어요. 소녀는 난로에 석탄을 천천히 넣었지요. 사라는 소녀가 자신의 이야기를 듣고 싶어 한다는 것을 눈치챘어요. 그래서 소녀가 잘 들을 수 있도록 목소리를 높였어요.

석탄을 다 넣은 소녀는 빗자루를 들고 난로 앞을 쓸었어요. 소녀는 사라의 이야기를 듣느라 그만 빗자루를 놓치고 말았어요. 그때, 라비니아가 말했어요.

"야! 너 사라의 이야기를 몰래 엿듣고 있었구나!"

라비니아는 앙칼진 목소리로 소녀에게 소리쳤어요. 소녀는 어깨를 움츠리며 허둥지둥 방을 나갔어요. 사라는 화가 나서 말했어요.

"왜 그 아이를 쫓아 버리니?"

"쟤는 이야기를 들어서는 안 돼! 부엌에서 일하는 아이야. 하녀라고!"

"그게 무슨 상관이지? 넌 다른 사람에게 친절하게 대하는 법을 배워야 해!"

사라는 라비니아에게 쏘아붙였어요.

프랜시스 호지슨 버넷, 『소공녀』

주제 탐구

이야기에서는 인물 사이에 갈등이 나타나기도 합니다. 인물마다 어떤 대상이나 사건에 대한 생각이나 마음, 처지, 가치관이 서로 달라 갈등이 생깁니다. 이야기에서 인물들이 어떤 갈등을 겪고 있는지, 그 까닭은 무엇인지 파악합니다.

1 이 글에서 두 인물이 갈등을 빚은 일은 무엇입니까? (　　　)

① 소녀가 빗자루를 떨어뜨린 일
② 소녀가 사라의 이야기를 들은 일
③ 사라가 소녀가 들을 수 있게 목소리를 높인 일
④ 사라의 이야기가 라비니아의 마음에 들지 않았던 일
⑤ 사라의 이야기를 듣던 소녀를 라비니아가 쫓아 버린 일

2 이 글에서 두 인물 사이에 갈등이 벌어진 까닭을 알맞게 짐작한 친구에 ○표 하세요.

3 빈칸에 들어갈 알맞은 말을 보기 에서 골라 쓰세요.

보기

처지　　사건　　갈등　　가치관

(1) 인물 사이에 서로 맞지 않는 마음이나 행동을 [　　　] (이)라고 합니다.

(2) 갈등이 생기는 까닭은 어떤 대상이나 [　　　] 에 대한 인물의 생각이나 마음이 다르기 때문입니다.

(3) 인물의 삶에 대한 태도인 [　　　] 이/가 다르기 때문에, 그리고 인물이 처해 있는 [　　　] 이/가 다르기 때문에 갈등이 생기기도 합니다.

유형 1 갈등을 벌이는 두 인물 찾기

시어 칸과 서로 맞지 않는 마음이나 행동을 보이는 인물을 찾습니다.

1 이 글에서 '시어 칸'과 갈등을 벌이는 인물을 모두 찾아 쓰세요.

국어

호랑이 시어 칸은 험상궂은 얼굴로 말했다.
"그 인간의 아이를 내 놓아라! 그건 내가 잡은 먹이야."
"명령하는 건가? 우리 늑대는 호랑이의 명령을 따르지 않는다!"
아빠 늑대의 말에 시어 칸은 천둥 같은 소리로 으르렁거리며 말했다.
"이 시어 칸을 뭘로 보는 거야? 내 먹이를 가로챌 생각 말고 내놔!"
그러자 엄마 늑대가 자리에서 벌떡 일어서며 날카롭게 외쳤다.
"이 아이는 제 발로 우리에게 왔어. 우리가 늠름하게 키울 테다!"

조지프 러디어드 키플링, 『정글 북』

(　　　　　　　　　　)

유형 2 인물 사이에 갈등을 빚은 사건 파악하기

인물들이 어떤 일 때문에 갈등을 빚고 있는지 파악하는 문제입니다. 이야기에서 일어난 일을 알아봅니다.

2 주인과 일꾼들이 갈등하게 만든 사건은 무엇입니까? (　　　)

국어

포도밭 주인이 포도 농사를 지으려고 많은 일꾼을 고용했다. 일꾼들은 눈치껏 꾀를 부리거나 게으름을 피웠다. 그러나 한 젊은이는 다른 일꾼의 몇 배나 되는 일을 열심히 했다. 주인은 젊은이를 불러 함께 산책하며 칭찬을 했다. 이윽고 일이 끝나자 주인은 모든 일꾼에게 품삯을 똑같이 주었다.

그러자 일꾼들이 주인에게 따졌다.

"주인님, 저 젊은이는 두 시간밖에 일을 안 했습니다. 그런데 품삯을 똑같이 주는 것은 불공평합니다!"

그러자 주인이 단호한 목소리로 말했다.

"그는 자네들이 온종일 한 일보다 더 많은 일을 두 시간 동안 했네."

① 일꾼들이 꾀를 부린 일
② 주인이 일꾼들에게 품삯을 적게 준 일
③ 주인이 모든 일꾼에게 품삯을 똑같이 준 일
④ 젊은이가 다른 일꾼의 몇 배나 되는 일을 한 일
⑤ 포도밭 주인이 지나치게 많은 일꾼을 고용한 일

3 이 글에서 언니와 동생 사이에 갈등이 일어난 까닭에 ○표 하세요.

국어

도시에서 상인과 결혼해 살고 있는 언니가 시골에서 농부와 결혼해 살고 있는 동생의 집을 찾았다. 언니와 동생은 차를 마시며 이야기를 나누었다. 언니는 도시 생활에 대한 자랑을 늘어놓았다. 으리으리한 집이며, 맛있는 음식, 극장 구경 같은 이야기였다.

그 말을 듣고 있던 동생이 말했다.

"그래도 난 농촌을 떠나서 도시에서 살고 싶은 생각이 없어. 도시 생활은 풍요롭고 즐거울지 몰라도 위험이 도사리고 있잖아. 장사를 하다가 망할 수도 있다고. 하지만 시골에서 농사를 짓는 일은 믿음직해. 내가 부자는 아니지만 배를 곯진 않아."

"굶주리지 않으면 된다는 말이니? 돼지나 송아지하고 살면서 좋은 옷도 입을 수 없잖아. 네 남편과 아이들은 아무리 열심히 일해 봐야 평생 거름 더미를 벗어날 수 없다고."

언니의 말에 동생은 어깨를 으쓱했다.

"그게 바로 농사꾼의 일인걸? 우린 가축을 기르고 농사를 지으며, 안전하고 평화롭게 살고 있어."

레프 톨스토이, 「인간에게는 얼마만큼의 땅이 필요한가」

(1) 언니와 동생이 서로의 생각을 알지 못하기 때문이다. [ ]

(2) 언니가 동생을 위하는 마음과 동생이 언니를 위하는 마음이 다르기 때문이다. [ ]

(3) 언니는 부유하고 풍요로운 삶에 가치를 두고, 동생은 안전하고 평화로운 삶에 가치를 두고 있기 때문이다. [ ]

유형 3 인물이 갈등이 벌이는 까닭 파악하기

두 인물이 갈등을 벌이는 까닭은 어떤 대상이나 사건에 대한 생각이나 마음, 처지, 가치관이 서로 다르기 때문이라는 점을 파악합니다.

도사리고 장차 일어날 일의 기미가 다른 사물 속에 숨어 있고.

거름 더미 식물이 잘 자라도록 땅을 기름지게 하기 위하여 주는 물질을 쌓아 놓은 큰 덩어리.

● **글의 종류** 이야기(동화)

● **글의 특징** 이 글은 가난한 농부가 잡은 수달을 부자에게 빼앗길 뻔하다가 슬기로운 꼬마의 재판으로 되찾은 옛이야기입니다.

● **낱말 풀이**
사방팔방 여기저기 모든 방향이나 방면.
값어치 값에 해당하는 분량이나 가치.
짐짓 마음으로는 그렇지 않으나 일부러 그렇게.

옛날에 가난한 농부가 살았어. 설이 다가오는데 설을 ㉠쇨 돈이 없었지. 그래서 족제비라도 잡아서 가죽을 팔려고 아침 일찍 집을 나섰어. 마침 족제비 굴처럼 보이는 구멍을 발견하고는 열심히 땅을 팠지. 얼마 뒤 구멍에서 짐승 한 마리가 휙 튀어나왔는데, 족제비가 아니라 수달이야.

"어이쿠, 수달 가죽은 비싼데 ㉡횡재했구나. 저놈을 꼭 잡아야겠다!"

농부는 수달을 쫓기 시작했어. 사방팔방 수달을 쫓다가 마을 어귀에 다다랐는데, 개 한 마리가 수달을 덥석 물고는 부잣집으로 들어가 버렸어.

농부는 부잣집에 찾아가서 ㉢자초지종을 이야기했어.

"저 수달은 내가 족제비 굴을 파서 뛰어나온 것이니, 내 것입니다."

그랬더니 부자가 펄쩍 뛰었어.

"우리 집 개가 잡은 수달이 어째서 당신 것이오? 수달은 내 것이오."

결국 둘이 ㉣옥신각신하다가 수달 주인을 가리려고 원님을 찾아갔어. 이야기를 들은 원님이 판결을 내렸지.

"농부와 부자는 수달을 둘로 나누어 갖도록 하라."

그 판결에 농부도 부자도 불만을 ㉤토로했어. 수달의 가죽을 반으로 자르면 값어치가 뚝 떨어지거든. 그때 한 꼬마가 앞으로 나서며 말했어.

"저라면 그렇게 판결을 내리지 않겠습니다."

"그럼 어떻게 판결을 내리겠느냐? 어디 한번 말해 보거라."

그랬더니 꼬마가 짐짓 목청을 가다듬고 판결을 내리듯 말했어.

"수달을 찾고 쫓은 것은 농부이고, 수달을 잡은 것은 개다. 농부는 수달 가죽에 욕심이 있고 개는 수달 고기에 욕심이 있어 그런 것이니, 수달 가죽은 농부에게 주고 수달 고기는 개에게 주어라."

꼬마의 말에 그 자리에 있던 사람들은 모두 고개를 끄덕였어. 결국 꼬마의 판결대로 농부는 수달 가죽을 팔아서 설을 잘 쇠었대.

지문 ★★☆

낱말 ★☆☆

1 이 글에서 농부와 부자가 갈등을 벌인 일은 무엇입니까? (　　　)

이해

① 설을 쇠는 일
② 수달을 발견한 일
③ 족제비를 잡는 일
④ 수달의 가죽을 가지는 일
⑤ 원님에게 판결을 부탁하는 일

붙임 딱지 붙여요.

2 이야기에서 갈등이 어떻게 해결되었는지 알맞게 말한 친구에 ○표 하세요.

이해

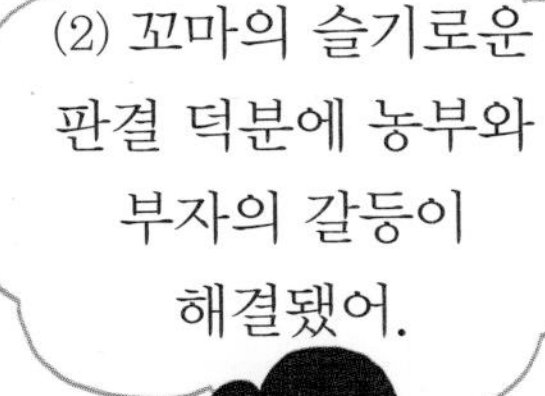

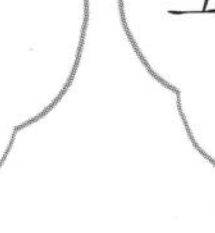

3 ㉠~㉤의 뜻으로 알맞지 않은 것은 무엇입니까? (　　　)

어휘

① ㉠ – 명절, 생일, 기념일 같은 날을 맞이하여 지내다.
② ㉡ – 뜻하지 않은 재난을 당하다.
③ ㉢ – 처음부터 끝까지의 과정.
④ ㉣ – 서로 옳으니 그르니 하며 다투다.
⑤ ㉤ – 속마음을 죄다 드러내어 말하다.

4 이 글 속 상황에서 내가 꼬마라면 어떤 판결을 내렸을지 생각해서 쓰세요.

비판

역사를 알려 주는 고사성어

고사성어는 중국의 역사와 고전에서 유래된 경우가 많아요. '사면초가'는 초나라의 항우와 한나라의 유방이 싸운 데서 나온 말로, '사면이 초나라의 노래'라는 뜻이에요. 아무에게도 도움을 받지 못해 외롭고 곤란한 지경에 빠진 경우를 이르는 말이랍니다.

역사를 알려 주는 고사성어

- **와신상담(臥薪嘗膽)** 옛날 중국의 오나라와 월나라가 싸울 때 서로 복수를 다짐하며 참았던 일에서 나온 말로, '뜻을 이루려고 어려움과 괴로움을 참고 견딘다.'는 뜻으로 쓰이는 말이에요.
- **백전백승(百戰百勝)** 손자가 오나라 왕 합려에게 적과 싸워서 이기는 방법을 설명한 것에서 유래된 말로, '싸울 때마다 반드시 이긴다.'는 뜻으로 쓰이는 말이에요.
- **백아절현(伯牙絕絃)** 옛날 중국의 춘추 시대에 거문고의 명인인 백아가 그의 재능을 알아주던 친구 종자기가 죽자 거문고 줄을 끊었다는 데서 나온 말로, 자기를 잘 알아주는 친구를 잃어 슬퍼함을 이르는 말이에요.
- **함흥차사(咸興差使)** 조선 시대에 태종이 함흥으로 간 태조를 모셔 오기 위해 차사 벼슬에 있던 사람을 보냈는데 돌아오지 않았다는 역사에서 유래된 말로, 심부름을 가서 오지 않거나 늦게 온 사람을 이르는 말이에요.

1 **다음 상황에 알맞은 고사성어에 ○표 하세요.**

(1) ① 개과천선 (　　) ② 함흥차사 (　　)

(2) ① 백전백승 (　　) ② 와신상담 (　　)

2 **다음 뜻에 알맞은 고사성어를 선으로 이으세요.**

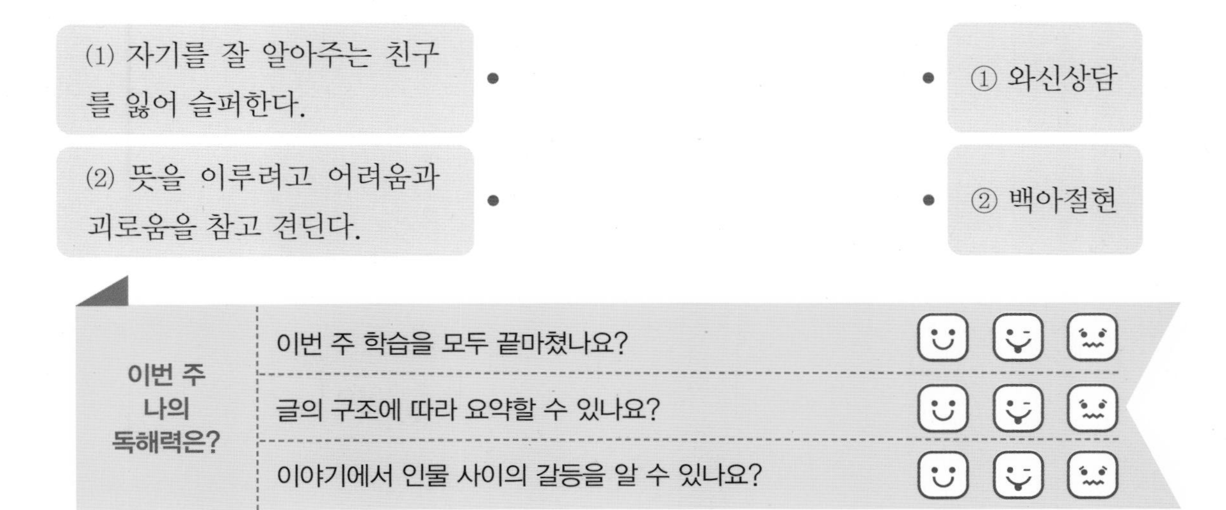

(1) 자기를 잘 알아주는 친구를 잃어 슬퍼한다. • 　　　• ① 와신상담

(2) 뜻을 이루려고 어려움과 괴로움을 참고 견딘다. • 　　　• ② 백아절현

이번 주 나의 독해력은?	
이번 주 학습을 모두 끝마쳤나요?	
글의 구조에 따라 요약할 수 있나요?	
이야기에서 인물 사이의 갈등을 알 수 있나요?	

정답 1. (1) ② (2) ① 2. (1) ② (2) ①

PART 3

문제해결 독해

글에서 감동적인 부분을 찾아 글쓴이의 마음에 공감하고
글을 읽고 난 감동을 표현하며 읽어요.
또, 여러 글에 나타난 다양한 문제 상황과 해결 방법을
나의 생활에 적용하며 창의적으로 읽는 방법을 배워요.

contents

글에 알맞은 자료 표현하기

★ 이와 같은 글을 쓸 때 필요한 자료를 골라 색칠하세요.

우리나라 어린이들은 학교와 학원에서 공부를 하며 보내는 시간이 지나치게 깁니다. 그래서 집으로 돌아와 숙제까지 마치고 잠자리에 들어야 합니다. 그러다 보니 잠을 자는 시간이 부족합니다. 잠이 부족하면 어린이는 활기차게 생활하고 건강하게 자랄 수 없습니다.

(1) 우리나라 어린이의 수면 시간을 조사한 통계 자료

(2) 잠을 잘 자는 방법에 대한 전문가의 의견

(3) 잠이 부족해서 늘 피곤하다는 친구들의 면담 자료

(4) 올바르게 잠을 자는 자세를 설명한 그림 자료

(5) 수면 부족이 어린이의 건강에 미치는 영향에 대한 전문가의 의견

(6) 우리나라 어린이가 학교와 학원에서 보내는 시간을 조사한 자료

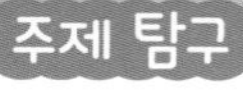

주장하는 글을 쓰려면 책, 신문 기사, 뉴스 보도 등에서 주장을 뒷받침하는 자료를 찾습니다. 이 자료는 중요한 정보만 간단하게 요약하기, 사진 또는 그림, 표나 그래프로 나타내기, 차례 또는 단계로 나타내기 등으로 알기 쉽게 표현합니다.

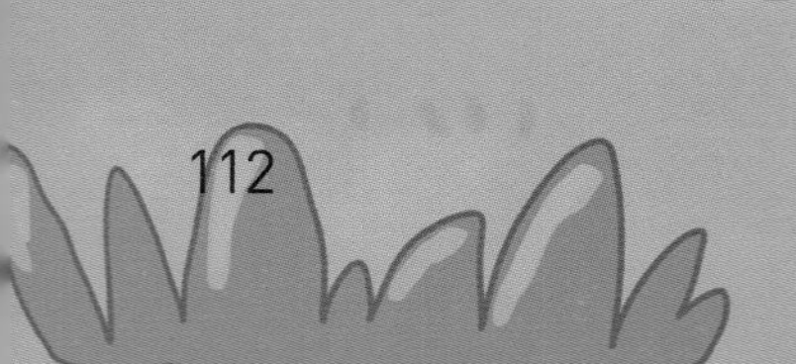
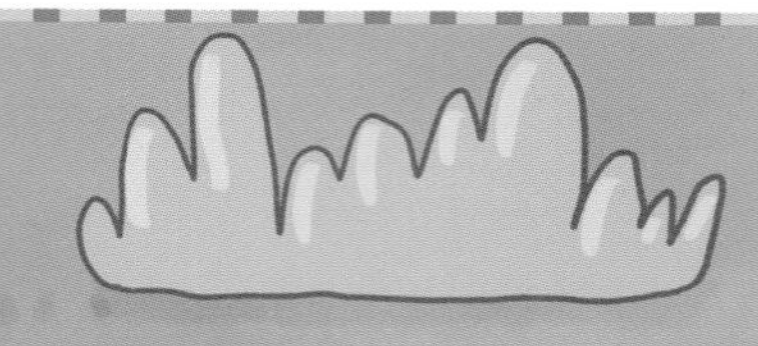

1 **기사를 검색하여 자료를 읽고 정리하는 방법의 차례대로 ㉮~㉱의 기호를 쓰세요.**

> ㉮ 신문 기사나 뉴스의 제목을 중심으로 훑어 읽는다.
> ㉯ 찾고 싶은 자료와 관련한 낱말을 컴퓨터로 검색한다.
> ㉰ 관심 있는 신문 기사문이나 뉴스 보도문을 찾아 자세히 읽는다.
> ㉱ 필요한 내용을 정리하고 날짜, 신문사 또는 방송국 이름을 쓴다.

• (   ) ➡ (   ) ➡ (   ) ➡ (   )

2 **자료를 표현하는 방법으로 알맞은 말을 보기에서 골라 쓰세요.**

보기

그림 요약 사진 그래프

(1) 대상의 모습을 정확히 보여 줄 때는 (   )(으)로 제시한다.
(2) 복잡한 대상을 단순하게 설명할 때는 (   )(으)로 표현한다.
(3) 자료의 글이 긴 경우에는 중요한 정보만 간단하게 (   )해서 보여 준다.
(4) 대상의 수명이나 변화 정도를 한눈에 알기 쉽게 보여 줄 때는 표나 (   ) 을/를 이용한다.

3 **자료를 알맞게 표현해야 하는 까닭을 잘못 말한 친구에 ○표 하세요.**

(1) 글을 읽는 사람이 내용을 쉽게 이해할 수 있어.

(2) 글만 많이 있으면 보기 싫으니까 자료로 꾸며야 해.

(3) 자료를 효과적으로 표현할수록 근거의 설득력도 높아져.

유형 1 글에 알맞은 자료 찾기

성덕 대왕 신종을 설명하는 글에서 독자가 글을 이해하는 데 도움을 줄 자료가 무엇인지 찾습니다.

범종 절에 매달아 놓고, 사람을 모이게 하거나 시각을 알리기 위하여 치는 종.

1 사회

이 글에 함께 제시할 자료로 가장 알맞은 것은 무엇입니까? (　　　)

성덕 대왕 신종은 지금으로부터 약 1,200년 전, 통일 신라 시대에 만들어진 범종입니다. 우리나라에 남아 있는 가장 큰 종으로, 높이가 3.75미터이고 무게는 약 19톤이나 나갑니다. 종소리가 “에밀레” 하고 들린다고 하여 ‘에밀레종’으로도 불립니다. 성덕 대왕 신종은 종소리가 신비롭고 아름답기로 유명할 뿐 아니라, 종의 겉면에 새겨진 조각 역시 무척 아름답습니다. 성덕 대왕 신종의 겉면에는 ‘비천상’이 새겨져 있는데, ‘비천’은 부처의 소리를 전하는 선녀입니다.

① 다양한 범종의 사진
② 성덕 대왕 신종의 뜻
③ 통일 신라에 대한 역사 정보
④ 범종의 제작 과정을 담은 영상
⑤ 에밀레종에 조각된 비천상의 사진

유형 2 자료에서 중요한 정보 요약하기

주제와 관련한 내용을 파악하여 이를 간단히 요약한 것을 찾습니다.

2 과학

이 자료에서 중요한 정보를 적절하게 요약한 것에 ○표 하세요.

어린아이들은 별것 아닌 일에도 깔깔 웃음을 터뜨린다. 그러다가 나이가 들수록 웃음이 줄어든다. 하지만 웃음의 효능을 생각한다면, 억지로라도 많이 웃는 것이 좋다. 웃음은 스트레스를 해소해 준다. 또한 인체의 면역력을 높여 주어 가벼운 감기뿐 아니라, 암과 성인병 예방에 도움이 된다. 많이 웃어서 나쁠 것이 없다. ‘행복해서 웃는 것이 아니라, 웃으니까 행복해진다.’라는 말을 기억하자.

(1) 나이가 들수록 웃는 횟수가 줄어들지만, 억지로라도 많이 웃는 것이 좋다. [ ]

(2) • 웃음은 스트레스를 해소해 준다.
• 웃음은 인체의 면역력을 높여서 다양한 질병을 예방한다. [ ]

(3) • 많이 웃어서 나쁠 것이 없다.
• ‘행복해서 웃는 것이 아니라, 웃으니까 행복해진다.’ [ ]

3 ㈏의 자료를 가장 알기 쉽게 표현한 것의 기호를 쓰세요. (　　　)

사회

㈎ 엄마 아빠는 우리에게 많은 말씀을 하십니다. '공부 열심히 해라!', '청소 좀 해!' 같은 잔소리, '○○는 안 그런데, 너는 왜 그러니?'처럼 다른 아이와 비교하는 말씀이 많습니다. 그러나 우리가 부모님께 듣고 싶은 말은 그런 말이 아닙니다. 짧지만 우리를 행복하게 하는 한마디가 있습니다. 바로, '사랑해'입니다. 다음 자료를 보아 주십시오.

㈏ '서울시 아동 복지 센터'가 중학생 이하 자녀를 대상으로 부모에게 가장 듣고 싶은 말이 무엇인지 조사했다. 그 결과, 자녀들이 가장 듣고 싶은 말로 '사랑해'(38.4%)가 1위를 차지했다. '용돈 줄까?'(28.2%), '엄마와 아빠는 너를 믿어'(14.6%), '놀아라'(12.0%), '괜찮아, 넌 할 수 있어'(7.0%) 등이 뒤를 이었다.

유형 3 자료 표현 방법 정하기

자녀들이 부모에게 가장 듣고 싶은 말의 조사 결과를 알기 쉽게 표현한 자료를 찾습니다.

㉮

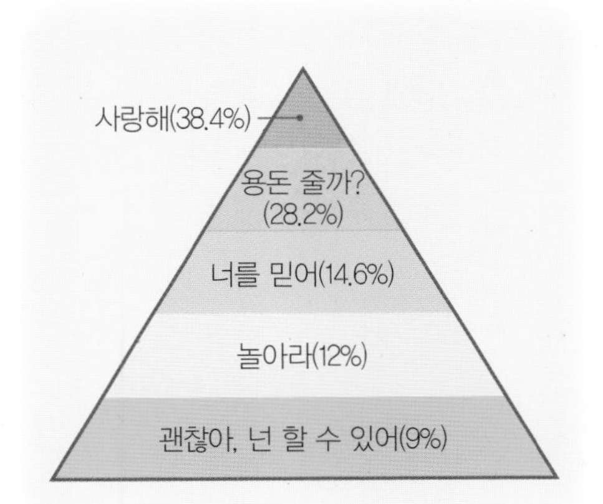

㉯

㉰

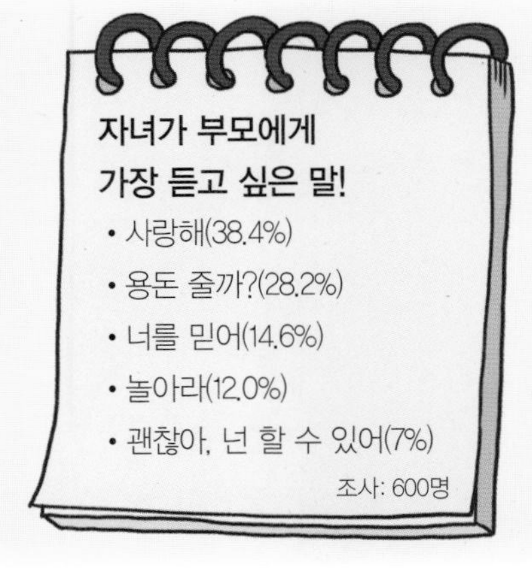

㉱

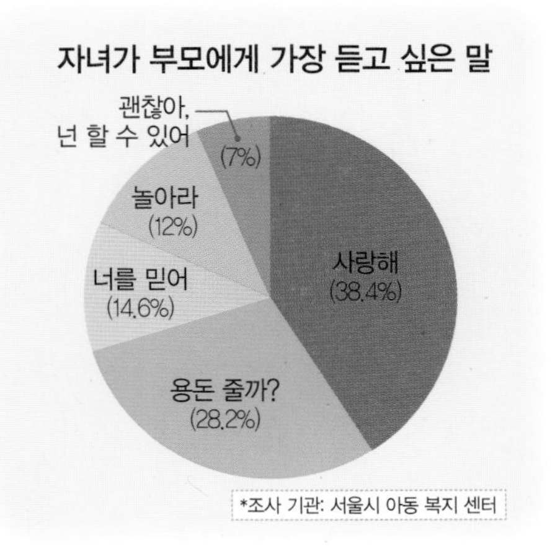

독해력 쑥쑥

★ 글에 알맞은 자료를 생각하며 글을 읽어 보세요.

●**글의 종류** 설명문

●**글의 특징** 이 글은 명주잠자리의 애벌레인 개미귀신의 먹이 사냥에 대해 자세히 알려 주는 글입니다.

●**중심 내용**
(가) 곤충인 개미귀신에 대해 알아보기로 함.
(나) 개미귀신은 명주잠자리의 애벌레로, 다른 곤충이나 개미를 주로 잡아먹음.
(다) 개미귀신은 흙이나 모래를 파서 함정을 만들고 개미를 잡아 체액만 빨아먹고 껍질은 버림.
(라) 개미귀신은 개미를 잡아먹으며 애벌레 시기를 보내고 번데기가 됨. 그리고 마침내 명주잠자리가 되어 훨훨 날아감.

●**낱말 풀이**
함정 짐승 따위를 잡기 위하여 파 놓은 구덩이.
감지해서 느끼어 알아서.
체액 동물의 몸속에 있는 혈관이나 조직을 채우고 있는 액체.
성충 다 자라서 생식 능력이 있는 곤충. 어른벌레.

지문 ★★☆
낱말 ★☆☆

(가) 여러분은 '개미귀신'을 알고 있나요? '개미귀신'이라니 뭐 그런 귀신이 다 있나 싶지요? 하지만 개미귀신은 귀신이 아니라 곤충이에요. 지금부터 개미귀신에 대해 알아보아요.

(나) 개미귀신은 명주잠자리의 애벌레예요. 그러니까 개미귀신이 자라서 명주잠자리가 되는 것이지요. 곤충의 애벌레는 대부분 식물을 먹고 자라요. 그러나 개미귀신은 다른 곤충을 잡아먹어요. 그 가운데서도 개미를 주로 먹기 때문에 '개미귀신'이라는 이름이 붙었어요.

(다) 개미귀신은 흙이나 모래를 깔때기 모양으로 파서 함정을 만들어요. 함정 한가운데 있는 땅속에 몸을 숨긴 채, 개미가 함정에 빠지기를 기다리지요. 이 함정을 '개미지옥'이라고 해요. 개미에게는 지옥처럼 무시무시한 곳이거든요.

개미가 이 개미지옥에 빠지면, 흙이나 모래 알갱이가 미세하게 움직여요. 숨어 있던 개미귀신은 그 움직임을 감지해서 먹잇감이 함정에 빠진 것을 알지요. 개미지옥에 빠진 개미는 비탈을 기어오르며 함정을 벗어나려고 해요. 그러면 개미귀신은 흙이나 모래 알갱이를 뿌려서 개미가 더욱 미끄러지게 만들어요. 그런 다음 집게 같은 턱으로 개미를 단단히 물어서 끌어당기지요. 개미귀신은 개미의 체액만 빨아먹어요. 개미의 껍질은 개미지옥 밖으로 던져 버리지요. 개미 외에도 개미지옥에 빠진 작은 곤충은 어김없이 개미귀신의 먹이가 돼요.

(라) 이름에 '귀신'이라는 말이 들어가고, '지옥' 같은 함정까지 만들다니, 개미귀신은 꽤 무서운 애벌레이지요? 하지만 성충으로 자라기 위해서는 어쩔 수 없는 일이에요. 개미귀신은 앞을 보지 못하고 냄새도 맡지 못하거든요. 개미귀신은 이렇게 애벌레 시절을 보내고 번데기가 돼요. 마침내 투명한 날개를 지닌 명주잠자리가 되어 훨훨 날아가지요.

1 이해

이 글의 제목으로 알맞은 것은 무엇입니까? (   )

① 귀신 ② 지옥 ③ 개미
④ 개미귀신 ⑤ 개미지옥

2 구조

(나)의 중요한 내용을 알맞게 요약한 것에 ○표 하세요.

(1) 개미귀신은 명주잠자리의 애벌레로, 자라서 명주잠자리가 된다. [ ]

(2) 곤충은 대부분 곤충을 먹고 자란다. 하지만 개미귀신은 곤충을 먹고 자라서 명주잠자리가 된다. [ ]

(3) 개미귀신은 명주잠자리의 애벌레로 다른 곤충과 개미를 주로 먹어서 '개미귀신'이라는 이름이 붙었다. [ ]

4주 1일 학습 끝!

붙임 딱지 붙여요.

3 구조

개미귀신이 개미를 잡아먹는 과정에 알맞게 숫자를 쓰세요.

(1) 개미귀신이 개미지옥을 만든다. (   )
(2) 개미귀신이 집게 턱으로 개미를 물어서 끌어당긴다. (   )
(3) 개미의 체액을 빨아먹고 껍질을 개미지옥 밖으로 던진다. (   )
(4) 개미귀신이 흙이나 모래 알갱이를 뿌려서 개미가 미끄러지게 한다. (   )
(5) 개미가 개미지옥에 빠지면 개미귀신이 모래의 움직임으로 감지한다. (   )

4 추론

글과 함께 제시할 사진 자료로 알맞은 것을 모두 고르세요. (   )

① 개미귀신 사진 ② 개미지옥 사진
③ 명주잠자리 사진 ④ 다양한 잠자리 사진
⑤ 식물을 먹고 자라는 애벌레의 사진

17 이야기의 장면을 극본으로 표현하기

4주

★ ㈎는 이야기, ㈏는 극본의 일부예요. ㈎, ㈏를 참고하여 극본에 대한 설명에 모두 ○표 하세요.

㈎ 남편이 부인을 얼마나 좋아하는지 몰라. 잠시도 부인과 떨어져 있기를 싫어해서 일도 안 가고 부인 얼굴만 쳐다봐. 하지만 그래서야 먹고살 수 있나?

하루는 부인이 남편에게 말했어.

"여보, 그만 일하러 가야지요."

"싫소. 잠시라도 당신 얼굴을 안 보고는 못 견디겠는걸."

남편은 고개를 가로저었어. 그러니 부인이 남편을 나무랐지.

㈏ 부인: 여보, 그만 일하러 가야지요.

남편: (고개를 가로저으며) 싫소. 잠시라도 당신 얼굴을 안 보고는 못 견디겠는걸.

부인: (나무라는 말투로) 에그, 그렇다고 밤낮없이 저만 쳐다보고 있으면 어째요? 일을 해서 밥은 먹고 살아야지요.

(1) 연극이나 영화, 드라마를 만들기 위한 글이야.

(2) 인물의 말은 인물을 지정해 대사로 표현해.

(3) 인물의 말은 줄글 속의 큰따옴표 안에 넣어 표현해.

주제 탐구

이야기를 극본으로 바꾸어 쓸 때에는 때와 곳 같은 배경이나 인물에 대한 설명을 해설로 나타냅니다. 그리고 이야기의 큰따옴표 안에 있는 말은 극본의 대사로 나타냅니다. 이야기에 묘사된 인물의 표정이나 몸짓은 괄호 안에 지문으로 지시합니다.

1 ㉠~㉢ 중 다음 내용에 해당하는 것을 골라 기호를 쓰세요.

㉠
- 때: 옛날
- 곳: 깊은 산골
- 나오는 사람들: 남편, 부인, 임금, 신하들

막이 오르면, 산골 오막살이집이 보이고, 집 안에 남편이 턱을 괴고 앉아 부인의 얼굴을 바라보고 있다.

부인: ㉡여보, 그만 일하러 가야지요.
남편: (고개를 가로저으며) 싫소. 잠시라도 당신 얼굴을 안 보고는 못 견디겠는걸.
부인: (나무라는 말투로) 에그, 그렇다고 밤낮없이 저만 쳐다보고 있으면 어째요? 일을 해서 밥은 먹고 살아야지요.
남편: 그건 그렇지만…….
부인: ㉢(무릎을 탁 치며) 옳거니! 그럼 제 얼굴을 그림으로 그려 드릴 테니, 그것을 밭머리에 두고 보면서 일을 하세요.

(1) '대사'로, 등장인물이 하는 말이다. (　　　)
(2) '지문'으로, 등장인물의 행동이나 표정을 지시하는 글이다. (　　　)
(3) '해설'로, 막이 오르기 전에 필요한 무대 장치나 때, 곳, 나오는 사람들을 설명하는 글이다. (　　　)

2 다음은 이야기를 극본으로 바꾸어 쓰는 방법이에요. 빈칸에 알맞은 말을 보기에서 골라 쓰세요.

보기
성격　　괄호　　배경　　큰따옴표

(1) 극본에서는 이야기의 (　　　)이나 인물에 대한 소개를 해설로 나타냅니다.
(2) 이야기의 (　　　) 안에 있는 말은 극본에서 대사로 나타냅니다. 대사는 인물의 (　　　)이/가 잘 드러나게 씁니다.
(3) 이야기에 묘사된 인물의 표정이나 몸짓 등을 극본에서는 (　　　) 안에 지문으로 나타냅니다.

유형 1 극본의 구성 요소 알기

극본의 구성 요소인 해설, 대사, 지문에 해당하는 예를 찾습니다.

1 극본의 구성 요소에 알맞게 ㉠~㉢의 기호를 쓰세요.

국어

㉠무대 성당 안. 불이 켜지면 경찰이 한 손에 은촛대를 들고, 줄에 꽁꽁 묶인 장발장을 끌고 무대로 등장한다.

경찰: (큰 소리로) 미리엘 신부님! 신부님, 어디 계십니까?

미리엘 신부: ㉡(무대 한쪽에서 걸어 나오며) 무슨 일입니까?

경찰: (장 발장을 거칠게 끌어당기며) ㉢이 자가 성당 물건으로 보이는 은촛대를 팔려고 하기에 잡아 왔습니다. (은촛대를 신부님 앞에 내밀며) 확인해 보십시오. 성당에서 훔친 것이 분명하지요?

미리엘 신부: (인자한 말투로) 그 은촛대는 제가 선물로 드린 것입니다.

빅토르 위고, 『레 미제라블』

(1) 해설: (　　　)　　(2) 대사: (　　　)　　(3) 지문: (　　　)

유형 2 상황에 어울리는 표정과 몸짓 표현하기

정승 부인이 처한 상황을 파악하고 이를 바탕으로 인물에 어울리는 표정이나 몸짓을 찾습니다.

동냥 승려가 곡식을 얻으려고 이집 저집 돌아다니는 일.
바랑 승려가 등에 지고 다니는 자루 모양의 큰 주머니를 이름.
애걸복걸 애처롭게 사정하며 간절히 빎.
방도 어떤 일을 하거나 문제를 풀어 가기 위한 방법과 도리.

2 ㉠을 극본으로 바꿀 때 빈칸에 어울리는 내용은 무엇입니까? (　　　)

국어

정승 부인은 동냥 온 스님의 바랑에 쌀을 소르르 부어 주었다. 그런데 스님이 옆에서 놀고 있는 아이를 보더니 혀를 끌끌 찼다.

"쯧쯧, 불쌍하구나."

정승 부인이 그 말을 듣고는 스님에게 불쌍하다고 말한 까닭을 캐물었다. 그러자 스님이 망설이며 말했다.

"애석하게도 이 아이는 앞으로 석 달을 넘기지 못할 것입니다."

㉠그 말을 들은 정승 부인은 눈앞이 캄캄했다. 스님의 바랑을 붙잡고는 애걸복걸 아이를 살릴 방법을 물었다.

정승 부인: (　　　　　　) 스님! 제발 우리 아이를 살릴 방도를 가르쳐 주십시오.

① 놀란 목소리로　② 다그치는 말투로
③ 바닥에 털썩 주저앉으며　④ 스님의 바지를 붙잡으며
⑤ 스님의 바랑을 붙잡고 사정하는 목소리로

3 ㈎를 ㈏로 바꿀 때 ㉠, ㉡에 들어갈 대사를 쓰세요.

국어

유형 3 이야기를 극본으로 바꾸어 쓰기

이야기의 큰따옴표 안에 있는 말이나 인물이 처한 상황에 알맞은 말을 대사로 바꾸어 씁니다.

㈎ 오랜만에 집으로 돌아온 욕심쟁이 거인이 정원에서 놀고 있는 아이들을 보았어요. 거인은 화를 내며 아이들에게 말했어요.

"이 녀석들! 여기서 뭐하는 게냐?"

거인의 화난 얼굴을 본 아이가 쭈뼛거리며 대답했어요.

"그냥 놀고 있었는데요."

욕심쟁이 거인은 불같이 화를 내며 아이들을 정원에서 내쫓았어요. 아이들이 깜짝 놀라서 정원에서 도망치자 거인이 씩씩댔어요.

"이 정원은 내 거야! 앞으로는 아무도 들어오지 못하게 할 테다!"

오스카 와일드, 『거인의 정원』

㈏ 불이 켜지면, 아름다운 거인의 정원에서 아이들이 즐겁게 놀고 있다. 무대 한쪽에서 거인이 등장한다.

거인: (화난 표정으로) 이 녀석들! 여기서 뭐하는 게냐?

아이 1: (쭈뼛거리며) ㉠

거인: (몹시 화를 내며 커다란 목소리로) ㉡

아이 2: (무대 밖으로 달려 나가며) 으악! 무서워!

거인: (씩씩대며) 이 정원은 내 거야! 앞으로는 아무도 들어오지 못하게 할 테다!

(1) ㉠: ______________________________

(2) ㉡: ______________________________

● **글의 종류** ㈎ 이야기(동화) / ㈏ 극본

● **글의 특징** ㈎는 옛이야기 「소년과 하늘나라 복숭아」의 일부입니다. 주어진 글은 효심 깊은 소년이 병에 걸린 아버지를 정성껏 보살피는 부분입니다.
㈏는 ㈎를 극본으로 바꾸어 쓴 글입니다.

● **낱말 풀이**
오막살이집 허술하고 초라한 작은 집.

지문 ★☆☆

낱말 ★☆☆

㈎ 먼 옛날, 어느 산골에 한 소년이 나이 많은 아버지와 함께 살고 있었어. 그런데 아버지가 큰 병에 걸려서 자리에 눕고 말았어. 소년이 좋다는 약은 다 구해다가 드렸는데도 아버지의 병은 낫지 않았지.

아버지는 기운 없는 목소리로 아들을 걱정했어.

"아무래도 나는 어려울 것 같구나. 내가 죽으면 어린 너 혼자 어찌 살꼬."

"그런 말씀 마세요! 아버지. ㉠지성이면 감천이라고 하지 않습니까? 제가 날마다 뒷산 폭포에 올라 하늘에 정성껏 기도를 드린다면, 아버지의 병도 틀림없이 나을 것입니다."

소년은 아버지의 야윈 손을 꼭 쥐며 말했지.

㈏

㉡
- 때: 먼 옛날
- 곳: 어느 산골
- 나오는 사람들: 소년, 아버지, 선녀

막이 오르면, 산골에 있는 오막살이집이 보인다. 집 안에는 아버지가 이부자리에 누워 있고, 소년은 쟁반에 약이 담긴 그릇을 들고 등장한다.

소년: (아버지를 부축해 앉히고 약을 드리며) 아버지, 약 드세요.

아버지: (약을 마시고 다시 자리에 누우며 힘없는 목소리로) 네가 좋다는 약은 다 구해다 주었건만, 아무래도 나는 어려울 것 같구나. (걱정하는 말투로) [㉢].

소년: ([㉣]) 그런 말씀 마세요! (아버지의 손을 꼭 잡으며) 지성이면 감천이라고 하지 않습니까? 제가 날마다 뒷산 폭포에 올라 하늘에 정성껏 기도를 드린다면, 아버지의 병도 틀림없이 나을 거예요.

1 ㉠의 뜻으로 알맞은 것은 무엇입니까? (   )

어휘

① 아무리 가난해도 먹고 살 수 있다.
② 정성이 지극하면 하늘도 감동하게 된다.
③ 변변치 못한 집안에서도 훌륭한 인물이 난다.
④ 고생스럽게 살더라도 죽는 것보다는 사는 것이 낫다.
⑤ 목적을 이룰 수 있는 방향으로 행동해야 성공할 수 있다.

붙임 딱지 붙여요.

2 ㉡은 극본의 구성 요소 중 어디에 속하는지 쓰세요.

구조

(   )

3 ㈎를 ㈏의 극본으로 바꿀 때 ㉢에 들어갈 알맞은 대사를 쓰세요.

추론

---

4 ㉣에 어울리는 인물의 표정이나 말투로 알맞은 것은 무엇입니까? (   )

추론

① 힘없는 목소리로
② 벌떡 일어나서 자리를 뜨며
③ 어이없다는 듯 코웃음을 치며
④ 몸을 움찔하며 놀라는 목소리로
⑤ 기대에 찬 얼굴로 주먹을 불끈 쥐며

이야기의 세계와 현실 세계 비교하기

★ 다음을 읽고 이야기의 세계에서만 일어날 수 있는 일이면 '이', 현실 세계에서도 일어날 수 있는 일이면 '현'을 쓰세요.

(1) 옛날에 어리숙한 농부가 살았어. 하루는 농부의 아내가 무명 한 필을 주면서 말했어.

"이걸 가져다 장에서 팔고, 받은 돈으로 쓸 만한 물건을 하나 사 오세요."

"그러지."

어리숙한 농부는 무명 한 필을 들고 장으로 향했어. 느긋하게 장터를 걸으며 물건을 이것저것 구경했지.

[ ]

(2) 앨리스는 체셔 고양이를 향해 소리쳤다.

"제발 그렇게 공중에 느닷없이 나타났다가 사라지지 좀 마! 깜짝 놀란다고!"

"알겠어."

체셔 고양이는 꼬리부터 아주 천천히 사라지기 시작했다. 몸이 사라진 뒤에도 웃는 얼굴이 한참 동안 남아 있었다.

[ ]

주제 탐구

이야기에서는 현실과 비슷하거나 같은 일이 일어나기도 하고, 현실에서는 일어날 수 없는 일이 벌어지기도 합니다. 이야기에서 일어난 일이 무엇인지 파악하고, 자신의 경험을 떠올려 봅니다. 또 이야기와 현실의 비슷한 점과 다른 점을 생각해 봅니다.

● (1~2) 다음을 읽고 물음에 답하세요.

집에서 쫓겨난 총각은 활과 화살을 들고 터덜터덜 산길을 걸었어요. 그러다 "시르릉, 시르릉!" 하고 이상하게 우는 새 한 마리를 발견했지요. 배가 고팠던 총각은 그 새를 잡아서 구워 먹었어요.

그런데 이상한 일이 벌어졌어요. 총각이 걸을 때마다 몸에서 "시르릉, 시르릉." 소리가 났거든요. 놀란 총각이 몸을 살펴보다가 새의 깃털이 붙어 있는 것을 발견했어요. 깃털을 몸에서 떼고 걸어 보았지요. 그러자 더는 소리가 나지 않았어요.

"거참, 신기하구나."

총각은 새의 깃털을 가지고 다시 길을 떠났어요.

1 이 이야기에서 일어난 사건을 알맞게 말한 친구에 ○표 하세요.

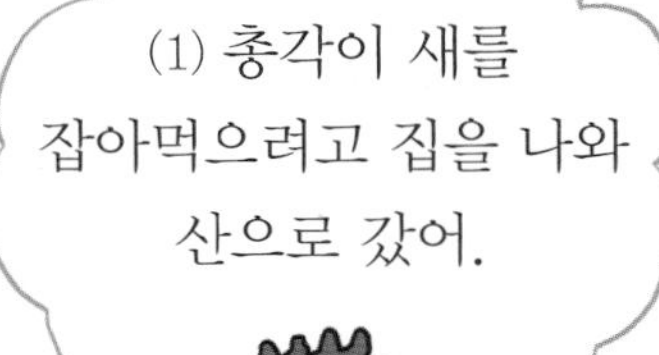

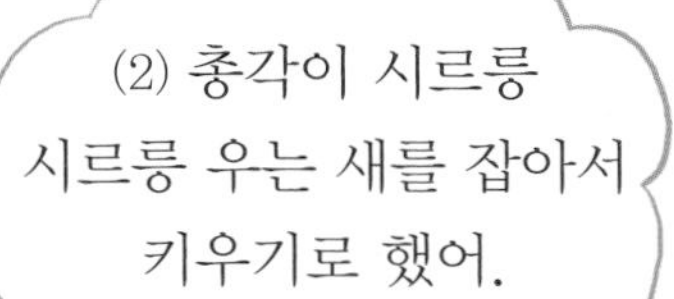

2 ㉮~㉰ 중 현실에서 일어날 수 <u>없는</u> 일의 기호를 쓰세요. (   )

㉮ 총각이 활과 화살을 들고 산길을 걸었다.
㉯ 총각이 배가 고파서 새를 잡아서 구워 먹었다.
㉰ 총각이 새의 깃털을 몸에 붙이고 걸어 "시르릉, 시르릉" 소리가 났다.

유형 1 이야기에서 일어난 사건 파악하기

이야기에서 마량이 겪은 일이 무엇인지 중심 사건을 파악합니다.

근근이 어렵사리 겨우.

1 이야기에서 일어난 사건으로 맞으면 ○표, 틀리면 X표 하세요.

국어

옛날에 '마량'이라는 아이가 살았어요. 마량은 어려서 부모를 여의고 근근이 일을 해서 먹고살았지요. 그림 그리는 것을 무척 좋아하고, 그림을 아주 잘 그렸지만 붓을 살 돈이 없었어요.

'아! 붓 한 자루만 있으면 얼마나 좋을까?'

그러던 어느 날 밤, 꿈에 하얀 수염을 길게 늘어뜨린 웬 할아버지가 나타났어요. 할아버지는 마량에게 붓 한 자루를 주며 말했지요.

"마량아! 이 마술 붓을 가난하고 어려운 사람들을 위해 쓰거라."

마량은 좋아서 펄쩍펄쩍 뛰다가 꿈에서 깼어요.

"휴, 꿈이었구나. 앗! 내 손에 꿈에서 받은 마술 붓이 있네?"

(1) 마량은 그림을 그려서 먹고살았다. ( )

(2) 마량이 꿈에서 깨어 보니 손에 마술 붓이 있었다. ( )

(3) 마량의 꿈에 웬 할아버지가 나타나 마술 붓을 주었다. ( )

유형 2 이야기 속 인물과 비슷한 경험 떠올리기

로렌스 할아버지께 실내화와 카드를 선물해 감사하는 마음을 전한 베스와 비슷한 경험을 말한 친구를 고릅니다.

2 이야기 속 인물과 비슷한 경험을 한 친구는 누구입니까? ( )

국어

로렌스 씨는 베스가 집에 와서 피아노를 쳐도 좋다고 했어요. 다음 날부터 베스는 로렌스 씨의 집으로 가서 피아노를 쳤어요. 로렌스 씨는 부끄러움 많은 베스를 위해 서재에서 피아노 연주를 듣기만 했지요.

그러던 어느 날, 베스가 가족들에게 말했어요.

"고마운 로렌스 할아버지께 실내화를 만들어 드리고 싶어."

베스는 엄마와 언니들의 도움을 받아 세 가지 색깔의 제비꽃을 수놓은 실내화를 완성했어요. 감사하는 마음을 담은 카드도 함께 전했어요.

루이자 메이 올컷, 『작은 아씨들』

① 혜진: 부모님과 피아노 연주회에 간 적이 있어.

② 아영: 아파트 화단에서 제비꽃을 본 적이 있어.

③ 준수: 실내화가 떨어져서 새로운 실내화를 산 적이 있지.

④ 민정: 서재에서 시간 가는 줄 모르고 책을 읽은 적이 있어.

⑤ 진우: 나를 돌봐 주시는 고마운 할머니께 머리핀을 선물한 적이 있어.

3 이 글을 읽고 이야기의 세계와 현실 세계가 비슷한 점이면 '비', 다른 점이면 '다'를 쓰세요.

국어

농부가 시장에서 자고새 한 마리를 샀다.
"닭과 함께 길러야겠다."
농부는 자고새를 닭들을 기르는 닭장 안에 넣었다.
자고새는 새로 집이 생기고, 새 친구들을 만난 것이 기뻤다. 그래서 닭들에게 상냥하게 인사를 건넸다.
"얘들아, 안녕? 나는 자고새야. 너희를 만나서 반갑구나."
그러나 닭들은 자고새를 쌀쌀맞게 대했다.
"뭐 저렇게 생긴 녀석이 다 있지?"
"우리와 다르잖아? 저리 비켜. 내 옆에 얼씬도 말라고."
수탉들은 자고새를 부리로 쪼고, 발톱으로 할퀴며 못살게 굴었다. 다르다는 이유로 괴롭힘을 당한 자고새는 몹시 속이 상했다.
'주인님은 나를 사서 왜 하필 닭장에 넣었을까? 차라리 혼자 편하게 지낼 수 있도록 해 주시면 좋을 텐데.'
자고새는 농부를 원망했다.

(1) 닭들을 닭장에서 키운다. [ ]

(2) 동물들이 사람처럼 말을 하며 인사를 나눈다. [ ]

(3) 자신과 다르다는 이유로 다른 이를 괴롭히는 경우가 있다. [ ]

(4) 수탉은 다른 동물을 공격할 때 부리로 쪼고 발톱으로 할퀸다. [ ]

유형 3 이야기 세계와 현실 세계의 비슷한 점과 다른 점 파악하기

현실 세계에서도 일어나는 일은 비슷한 점으로, 이야기에서만 일어나는 일은 다른 점으로 파악합니다.

자고새 꿩과의 새. 메추라기와 비슷하며 날개는 누런빛을 띤 녹색이고 등과 배, 그리고 꽁무니는 누런 갈색임.

●글의 종류 이야기(동화)

●글의 특징 이 글은 동화 「고추잠자리 꿈쟁이의 흔적」의 일부입니다. 주어진 부분은 단풍나무가 자신을 '꿈쟁이'로 불러 달라고 하는 특별한 고추잠자리와 만나는 장면입니다.

●낱말 풀이
떠보았습니다 남의 속뜻을 넌지시 알아보았습니다.
강요하듯이 억지로 또는 강제로 요구하듯이.

지문 ★★☆
낱말 ★☆☆

내가 그 고추잠자리를 처음 만난 것은 지난 초가을 오후였습니다. 내 잎처럼 붉은 몸을 가진 고추잠자리 한 마리가 아주 지친 모습으로 내 가지에 앉았습니다.

"단풍나무 아저씨, 여기서 좀 쉬었다 가도 될까요?"

"그러렴. 네 맘껏 쉬렴. 하지만 조심해야 한다. 가끔 까치나 제비들이 올 때도 있거든."

"내가 움직이지 않으면 단풍잎으로 알 거예요."

그 말을 듣는 순간, ㉠나는 이 고추잠자리가 보통이 아니라는 것을 느낄 수 있었습니다.

"내 이름은 꿈쟁이예요."

고추잠자리는 묻지도 않은 이름을 알려 주었습니다.

"꿈쟁이? 그건 이름이라기보다는 별명 같은데?"

"모두들 나를 그렇게 불러요."

"고추잠자리한테 꼭 이름이 있어야 할 필요가 있을까?"

나는 슬쩍 꿈쟁이의 마음을 떠보았습니다.

"이름이 없으면 내가 살다 간 흔적을 어떻게 남기겠어요? 내 이름은 꿈쟁이예요."

고추잠자리는 불러 주기를 강요하듯이 자기의 이름을 반복하여 말하였습니다.

"아, 알았다. 꿈쟁이야!"

㉡나는 '꿈쟁이야'에 힘을 주어 말하였습니다. 이름을 불러 주어서 좋아한다면 힘든 일도 아닌데 못 할 이유가 없으니까요.

박성배, 「고추잠자리 꿈쟁이의 흔적」

1 ㉠의 '나'는 누구인지 찾아 쓰세요.

이해

( )

2 이 글의 내용으로 알맞지 않은 것은 무엇입니까? ( )

이해

① '나'는 고추잠자리에게 이름을 물어보았다.
② '나'는 고추잠자리를 초가을 오후에 처음 만났다.
③ '나'는 고추잠자리에게 '꿈쟁이'라는 이름을 불러 주었다.
④ 고추잠자리는 '나'에게 자기 이름이 꿈쟁이라고 알려 주었다.
⑤ 고추잠자리는 불러 주기를 강요하듯 자기 이름을 반복하여 말했다.

4주 3일 학습 끝!

붙임 딱지 붙여요.

3 ㉡에서 알 수 있는 '나'의 성격은 어떠합니까? ( )

추론

① 다른 이를 얕보는 거만한 성격이다.
② 다른 이에게 베풀기 싫어하는 인색한 성격이다.
③ 다른 이의 말을 잘 들어주는 너그러운 성격이다.
④ 다른 이의 말을 무조건 따르는 줏대 없는 성격이다.
⑤ 다른 이에게 싫다고 말하지 못하는 소심한 성격이다.

4 이 이야기에서 이야기 속 세계와 현실 세계를 알맞게 비교한 친구에 ○표 하세요.

추론

(1) 현실에서는 단풍나무와 고추잠자리가 서로 말을 주고받지 않아.

(2) 고추잠자리가 단풍나무에 앉는 것은 이야기라서 가능해.

(3) 고추잠자리가 자기 이름을 정하는 것은 현실에서도 가능해.

19 글을 읽고 난 감상 표현하기

4주

★『80일 간의 세계 일주』를 읽고 난 친구들이 이야기를 하고 있어요. 세 친구 중 감상을 표현한 친구에 모두 ○표 하세요.

주제 탐구

책을 읽고 느낀 점이나 자신의 생각을 독서 감상문으로 표현할 수 있습니다. 독서 감상문에는 책을 읽은 동기, 책의 내용, 책을 읽고 난 뒤의 생각이나 느낌을 담습니다. 이 내용을 담아 편지, 일기, 광고 등 자유로운 형식으로 쓸 수 있습니다.

● (1~2) 다음을 읽고 물음에 답하세요.

옛날에 어떤 사람이 무덤 옆에서 잠을 자려고 하는데, 귀신들이 무덤에서 나온다. 귀신들은 그 사람이 함께 제사에 가서 음식을 먹을 수 있도록 능텅 감투를 씌워 준다. 능텅 감투를 쓰면 사람 눈에 보이지 않는다. 나는 귀신을 무서워하지만, 이야기에 나오는 귀신은 조금도 무섭지 않았다. 도리어 신기한 능텅 감투를 쓰게 된 주인공이 부러웠다.

주인공은 귀신들과 함께 제사상에 놓은 음식을 집어 먹는다. 이 장면을 읽는데, 음식이 공중으로 둥둥 떠오르는 모습과 그것을 보고 놀라는 사람들의 모습이 눈앞에 그려졌다. 주인공은 즐거웠겠지만, 제사를 지내고 있었던 사람들은 얼마나 놀랐을까? 나라도 기겁을 했을 것 같다.

다음 날 주인공은 능텅 감투가 탐이 나서 능텅 감투를 쓴 채 집으로 도망쳐 버린다. [㉠]

1 이 글에서 알 수 있는 내용을 모두 고르세요. (　　　　　)

① 책의 내용
② 읽은 책의 제목
③ 책을 읽게 된 동기
④ 독서 감상문의 제목
⑤ 책을 읽고 난 뒤의 생각이나 느낌

2 ㉠에 들어갈 감상으로 알맞은 것에 모두 ○표 하세요.

(1) 귀신을 만났을 때는 무조건 빨리 도망치는 것이 좋다는 생각이 든다. 귀신이 어떤 해코지를 할지 알 수 없는 일이다. [　]

(2) 능텅 감투를 훔친 주인공은 제사 지내는 집을 찾아간다. 훔친 능텅 감투를 써서 몸을 숨기고 제사 음식을 마음껏 집어 먹는다. [　]

(3) 능텅 감투를 훔친 것은 잘못된 행동이지만, 주인공의 마음이 이해는 간다. 나도 능텅 감투가 무척 갖고 싶다는 생각이 들었으니까. [　]

(4) 귀신들이 얼마나 화가 났을까? 제사에 데려가서 음식까지 먹게 해 주었는데, 고마운 줄도 모르고 능텅 감투를 훔쳐서 달아나 버리다니! [　]

유형 1 **독서 감상문에 들어가는 내용 알기**

제목, 책을 읽게 된 동기, 책의 내용, 느낀 점 등 독서 감상문에 들어가야 할 구성 요소를 파악합니다.

서역국 중국 서역 지방에 있던 여러 나라를 통틀어 이르는 말.

1

국어

이 글에 들어 있지 않은 내용은 무엇입니까? (   )

착한 공주, 바리데기

오늘 『바리데기』라는 옛이야기를 읽었다. 책 제목을 보고 '바리데기가 무엇일까?' 하는 생각이 들어서 읽게 되었다.

책을 읽어 보니, 바리데기는 사람의 이름이었다. 바리데기는 불라국의 일곱째 공주로 태어났지만, 태어나자마자 부모에게 버림을 받는다. 그러다 열다섯 살이 되어서야 병에 걸린 왕과 왕비를 만난다. 바리데기는 부모님의 병을 고칠 약을 구하기 위해 먼 서역국으로 길을 떠나게 된다.

① 책의 내용
② 읽은 책의 제목
③ 책을 읽게 된 동기
④ 독서 감상문의 제목
⑤ 책을 읽고 난 뒤의 생각이나 느낌

유형 2 **독서 감상문에서 감상이 드러난 부분 찾기**

이야기를 읽고 든 생각이나 받은 느낌을 쓴 문장을 모두 고르는 문제입니다.

2

국어

㉠~㉤ 중 감상에 해당하는 것을 모두 고르세요. (   )

『돌리틀 선생님의 항해기』에 나오는 돌리틀 선생님은 동물들의 말을 할 줄 안다. ㉠앵무새 폴리네시아가 돌리틀 선생님에게 동물들의 말을 가르쳐 준 것이다. 나는 돌리틀 선생님이 몹시 부러웠다. ㉡앵무새에게 동물들의 말을 배운다면 기막히게 재미있을 텐데.

㉢동물의 말을 알아들을 수 있기 때문에 의사인 돌리틀 선생님의 집으로 갖가지 동물들이 찾아온다. ㉣아마 내가 동물이라도 말이 통하는 의사를 찾아갈 것 같다. ㉤하지만 악어가 돌리틀 선생님 집에 머물게 되면서 사람들이 무서워서 돌리틀 선생님을 찾지 않는다.

① ㉠　② ㉡　③ ㉢　④ ㉣　⑤ ㉤

3 이 글을 읽고 난 생각이나 느낀 점을 쓰세요.

국어

어느 마을에 말 많은 수다쟁이가 살았다. 그 사람의 수다 때문에 피해를 본 마을 사람이 한둘이 아니었다. 고민하던 마을 사람들은 랍비를 찾아가 도움을 청했다.

"랍비님, 그는 잠시도 쉬지 않고 말을 합니다. 다른 사람의 흉을 보고, 과장을 보태어 말을 이리저리 퍼뜨리기도 해요. 그러지 못하게 도와주십시오."

랍비가 그 사람을 불러서 타일렀지만, 그는 도리어 이렇게 말했다.

"말 좀 많이 하는 것이 뭐가 문제입니까?"

그러자 랍비는 창고에서 커다란 자루를 들고 나왔다.

"이 자루를 들고 거리로 나가십시오. 자루 안에 든 것을 거리에 늘어놓았다가 다시 담아 오면 됩니다."

그가 거리로 나가 자루를 열었다. 자루 안에는 깃털이 가득 들어 있었다.

"별로 어려운 일도 아니구먼."

그는 깃털을 거리에 늘어놓기 시작했다. 그런데 바람이 불자, 깃털이 훌훌 날아가 버렸다. 늘어놓았다가 다시 담은 깃털은 이전의 절반도 되지 않았다.

랍비는 그가 가져온 깃털을 보고 물었다.

"나는 분명 한 자루의 깃털을 주었는데, 어째서 이것밖에 안 가져온 겁니까?"

"그, 그게 바람이 부니까 주울 새도 없이 멀리 날아가 버렸어요."

"입에서 나온 말도 그 깃털과 같습니다."

그는 그제야 말없이 고개를 끄덕였다.

유형 3 글을 읽고 난 감상 표현하기

글을 읽고 직접 감상을 표현해 보는 문제입니다. 이야기 속 사건이나 인물에 대한 생각이나 느낌을 씁니다.

과장 사실보다 지나치게 불려서 나타냄.

●**글의 종류** 독서 감상문

●**글의 특징** 이 글은 『크리스마스 캐럴』의 잘 알지 못했던 뒷이야기에 대한 감상을 담은 독서 감상문입니다.

●**낱말 풀이**
상회 몇 사람이 함께 장사를 하는 상업상의 조합이라는 뜻으로, 상점에 쓰는 이름.
괴팍한 붙임성이 없이 까다롭고 별난.

지문 ★★☆

낱말 ★☆☆

(가) 구두쇠 스크루지는 너무나 유명하다. 『크리스마스 캐럴』을 제대로 읽지 않은 사람도 스크루지가 누구인지 안다. 나도 그랬다. 오늘 문득 책장에 꽂힌 『크리스마스 캐럴』 책을 보고, 난 스크루지가 구두쇠 짓을 하는 앞부분의 내용만 알지, 그 뒷이야기에 대해서는 제대로 모른다는 사실을 깨달았다. 그래서 『크리스마스 캐럴』을 처음부터 끝까지 다 읽었다.

(나) ㉠친구 말리가 죽은 뒤 혼자 상회를 운영하는 스크루지는 돈밖에 모르며 크리스마스조차 쓸데없다고 말한다. 그런 스크루지에게 말리의 유령과 크리스마스 유령들이 찾아와 그를 과거, 현재, 미래로 데려간다.

스크루지의 과거를 읽으며 나는 깜짝 놀랐다. 괴팍한 스크루지가 여동생에게 상냥하고, 크리스마스 파티도 즐겼을 줄이야! 하지만 스크루지는 돈만 아는 사람으로 변해 간다. ㉡나는 스크루지가 변한 것이 안타깝게 느껴졌다.

(다) 현재의 유령은 스크루지에게 크리스마스를 즐겁게 보내는 사람들의 모습을 보여 준다. 또, 미래의 유령은 스크루지가 죽은 뒤 슬퍼하는 사람이 별로 없는 모습을 보여 준다. ㉢이윽고 크리스마스 날 아침에 깨어난 스크루지는 완전히 '다른 사람이 되어서' 크리스마스를 즐겁게 보낸다.

㉣책을 읽으며, 나는 사랑하는 가족, 친구와 함께해야 행복할 수 있다는 것을 느꼈다. 돈이 아무리 많아도 혼자라면 무슨 의미가 있을까?

(라) 이 책에서 가장 인상 깊은 장면은 크리스마스 다음 날이었다. 지각을 해서 쩔쩔매는 직원 밥에게 스크루지는 퉁명스럽게 왜 이렇게 늦게 나왔냐고 한다. 그러고는 이렇게 말한다.

"이봐, 난 이렇게는 살 수 없어. 그래서 말인데, 자네 봉급을 올려 줄 생각이네. 그리고 자네 가족도 돌봐 줄 거야. 메리 크리스마스, 밥!"

그 장면을 읽을 때, 나도 모르게 입꼬리가 위로 올라갔다. 그리고 ㉤책을 덮으며 스크루지를 구두쇠로만 알고 있었던 것이 왠지 미안하게 느껴졌다. 책을 끝까지 읽기를 참 잘한 것 같다.

1 이 글에 대한 설명으로 알맞지 않은 것은 무엇입니까? (   )

이해

① 글쓴이는 『크리스마스 캐럴』의 주인공을 몰랐다.
② 글쓴이는 『크리스마스 캐럴』 책을 처음부터 끝까지 읽었다.
③ 글쓴이는 책에서 스크루지의 과거 부분을 읽으며 깜짝 놀랐다.
④ 글쓴이는 『크리스마스 캐럴』의 주인공인 스크루지를 알고 있었다.
⑤ 글쓴이는 『크리스마스 캐럴』의 뒷이야기에 대해서는 제대로 몰랐다.

붙임 딱지 붙여요.

2 이 글에서 '책을 읽은 동기'가 나타난 문단의 기호를 쓰세요.

이해

(   )

3 ㉠~㉤ 중 글쓴이의 생각이나 느낌을 모두 고르세요. (   )

이해

① ㉠ ② ㉡ ③ ㉢ ④ ㉣ ⑤ ㉤

4 글쓴이가 가장 인상 깊게 느꼈던 장면을 알맞게 말한 친구에 ○표 하세요.

이해

(1) 스크루지의 과거 부분에서 여동생에게 상냥했던 점이 인상 깊었대.

(2) 미래의 유령이 스크루지의 장례식을 보여 준 장면이 인상 깊었대.

(3) 크리스마스 다음 날 밥에게 봉급을 올려 주겠다고 말하는 장면이 인상 깊었대.

20 온라인 대화 글로 소통하기

4주

★ 다음 중 '온라인 대화'에 대한 설명으로 맞으면 ○표, 틀리면 X표 하세요.

(1) 온라인 대화는 얼굴을 마주하고 말로 하는 대화로, 시간 제약을 많이 받는다.

(2) 온라인 대화를 할 때에는 바르고 고운 말을 사용해야 한다.

(3) 온라인 대화는 사람을 직접 만나지 않고도 할 수 있어 공간의 제약이 없다.

(4) 온라인 대화란 인터넷 같은 통신 매체를 이용하여 문자로 대화하는 것이다.

(5) 온라인 대화를 할 때에는 그림말을 최대한 많이 사용해야 한다.

(6) 온라인 대화를 할 때는 온라인상에서 유행하는 말을 사용하도록 노력한다.

주제 탐구

온라인 대화를 나눌 때에는 서로 예절을 지키며, 바르고 고운 말을 사용해야 합니다. 자신의 의견만 강요하거나, 그림말과 줄임 말을 지나치게 사용하지 않아야 합니다. 또, 상대의 말에 공감하며 상대의 기분을 상하게 하는 말을 하지 않도록 합니다.

1 이 글의 내용에 공감을 표현한 친구의 이름을 모두 쓰세요. (   )

강추 공연!
얘들아, 나야.
오늘 내가 엄마랑 정말 재미있는 공연을 보고 왔거든.
그래서 너희에게 소개해 주려고 이 글을 써.
'지역 어린이를 위한 음악회'인데, 특이하게도 우리나라 전통 국악기로 연주를 해. 만화 영화 주제가도 연주하고, 동요랑 최신 유행곡도 연주하더라.
공연비는 무료이고, 장소도 학교에서 가까운 ○○ 구민회관이야. 다음 주 일요일 1시에 한 번 더 공연한다니까 너희도 꼭 가서 봐.

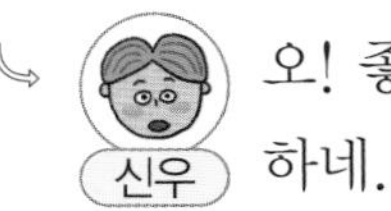

오! 좋은 정보다. 국악기로 만화 영화 주제가를 어떻게 연주할지 궁금하네.

음, 난 음악회는 별로라서 패스.

ㅇㅇ 그것도 국악기로 연주하는 음악회라니.

좋은 정보 고마워! 네가 재미있게 봤다니, 나도 꼭 보고 싶다. 나랑 같이 갈 사람!

나!!!!!

2 누리 소통망에서 대화하는 방법에 맞게 빈칸에 들어갈 말을 보기에서 골라 쓰세요.

보기

정확　　기분　　의견　　줄임 말

(1) 자신의 (   )만 너무 강요하지 않는다.
(2) 말하고 싶은 내용을 (   )하게 전달한다.
(3) 그림말이나 (   )을/를 지나치게 많이 쓰지 않는다.
(4) 상대를 험담하거나 상대의 (   )을/를 상하게 하는 말을 하지 않는다.

● (1~2) 다음을 읽고 물음에 답하세요.

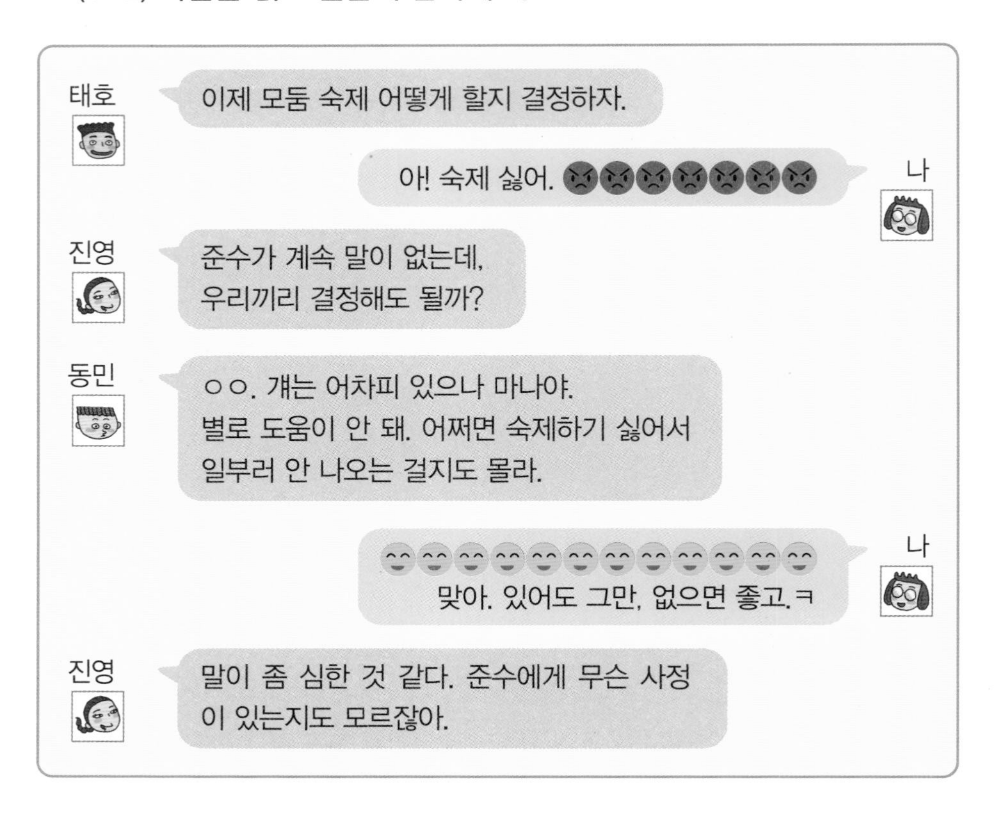

유형 1 대화 예절을 지키지 않은 사람 찾기

누리 소통망 대화 글에서 예절을 지키지 않은 사람을 찾습니다.

1 국어

이 대화에서 예절을 지키지 않은 사람의 이름을 쓰세요.

'나' 와 (　　　　　　　　)

유형 2 누리 소통망 대화에서 잘못된 점 찾기

'나'가 누리 소통망 대화에서 예절에 맞지 않게 말한 점을 찾습니다.

2 국어

이 대화에서 '나'가 잘못한 점을 두 가지 고르세요. (　　　　　　　　)

① 다른 사람을 비방했다.
② 혼자만 너무 많은 말을 하고 있다.
③ 그림말을 지나치게 많이 사용했다.
④ 대화와 동떨어진 이야기를 하고 있다.
⑤ 자신의 생각을 다른 사람에게 강요하고 있다.

● (3~4) 다음을 읽고 물음에 답하세요.

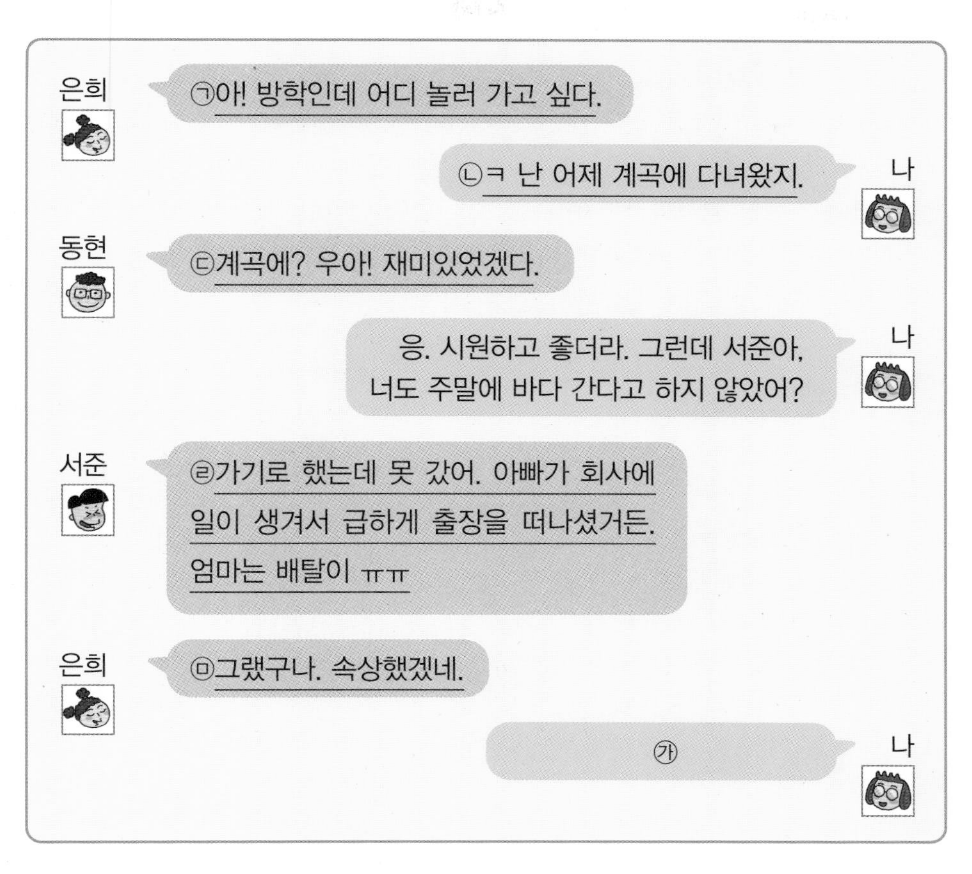

3 ㉠~㉤ 중 상대의 말에 공감한 말을 모두 고르세요. (   )

국어

① ㉠ ② ㉡ ③ ㉢ ④ ㉣ ⑤ ㉤

유형 3 상대방에게 공감하는 말 찾기
상대의 처지나 상황을 생각하며 공감을 표현한 말을 고릅니다.

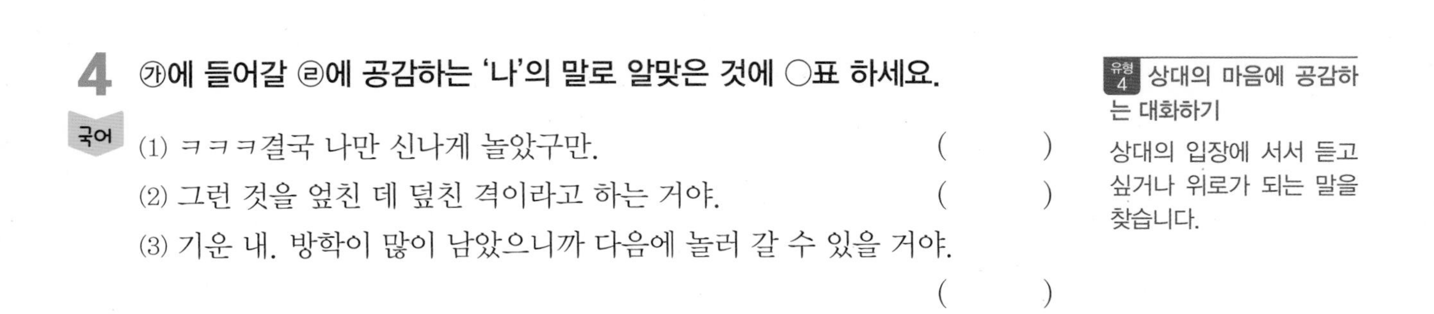

4 ㉮에 들어갈 ㉣에 공감하는 '나'의 말로 알맞은 것에 ○표 하세요.

국어

(1) ㅋㅋㅋ결국 나만 신나게 놀았구만. (   )

(2) 그런 것을 엎친 데 덮친 격이라고 하는 거야. (   )

(3) 기운 내. 방학이 많이 남았으니까 다음에 놀러 갈 수 있을 거야. (   )

유형 4 상대의 마음에 공감하는 대화하기
상대의 입장에 서서 듣고 싶거나 위로가 되는 말을 찾습니다.

●**글의 종류** 온라인 대화 글

●**글의 특징** 이 글은 인터넷 게시판에 학교에서 따돌림당하는 상황을 쓴 글입니다. 이 글을 읽고 사람들이 이에 대한 의견과 생각을 댓글로 썼습니다.

●**낱말 풀이**
소심한 대담하지 못하고 조심성이 지나치게 많은.

지문 ★★☆

낱말 ★☆☆

힘들어요…….

학교에서 친구들이 절 따돌려요.

은근히 따돌리는 애들이 대부분인데, 한두 명은 지나갈 때 들으라는 듯 제 욕을 하기도 해요. 괜히 툭 치기도 하고.

제가 소심한 성격이라 친구도 없어요. 엄마 아빠한테 말씀드리면 걱정하실 것 같고. 선생님한테 말씀드리면 친구들이 고자질했다고 더 따돌릴 것 같고.

어떻게 해야 좋을지 모르겠어요. ㅠㅠ

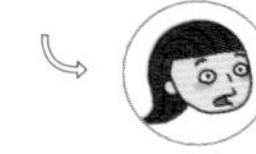
파랑새
저런, 많이 속상하겠어요. 참고만 있으면 안 될 것 같아요.

군만두가 좋아
말만 들어도 가슴이 아픕니다. 하지만 가만히 있으면 점점 괴롭히고 따돌리는 일이 심해질 수 있습니다. 반드시 부모님과 선생님께 알려서 도움을 청해야 합니다.

상어
그런데, 님에게도 문제가 있을 듯. 솔직히 따돌림당하는 애들은 다 이유가 있던데……. 뭐 말을 붙여도 반응이 별로 없다거나 성격이 좀 별나다거나.

좋은날
ㅇㅇ. 애들이 괜히 따돌리지 않음.

군만두가 좋아
말을 붙여도 반응이 별로 없다거나 성격이 별나다고 해서 따돌려도 된다는 말입니까? 사람 성격이 다 다른데요?

빨간양말
말하기 힘들더라도 부모님과 선생님께 말씀드리는 것이 가장 좋은 방법 같아요. 만약 정 말하기 힘들면 학교 폭력 신고 상담을 할 수 있는 117에 전화해 보세요. 힘내요. 내가 여기서 친구가 돼 줄게요.

1 이해

이 글의 특징으로 알맞지 않은 것은 무엇입니까? (　　　)

① 문자가 아닌 음성으로 대화할 수 있다.
② 사람을 직접 만나지 않고도 할 수 있다.
③ 시간과 공간의 제약 없이 대화할 수 있다.
④ 인터넷 같은 통신 매체를 사용하여 이루어진다.
⑤ 대화할 때 컴퓨터나 휴대 전화 같은 전자 기기를 이용한다.

붙임 딱지 붙여요.

2 이해

이 글의 글쓴이가 고민하는 문제는 무엇입니까? (　　　)

① 같은 반 친구들과 싸운 문제
② 부모님과 사이가 좋지 않은 문제
③ 성격이 소심해서 친구가 없는 문제
④ 친구의 잘못을 선생님께 고자질한 문제
⑤ 학교에서 친구들에게 따돌림을 당하는 문제

3 이해

이 글에서 온라인 대화 예절을 지키지 않은 사람을 모두 찾아 쓰세요.

(　　　　　　　　　　　　　　　　)

4 비판

〈문제 3번〉의 친구들이 잘못한 점을 한 가지 생각해서 쓰세요.

상상하며 읽기

상상하며 읽기란 글을 읽을 때 자신의 배경지식이나 경험 등을 바탕으로 하여 숨겨진 내용을 상상하며 읽는 거예요. 이야기를 읽으면서 인물의 모습이나 행동, 마음을 떠올리며 읽거나 앞뒤의 이야기를 상상해 보세요. 시를 읽을 때도 시 속 인물의 마음이나 행동, 분위기 등을 상상하며 읽으면 시를 더 잘 이해할 수 있답니다.

상상하며 읽기

- **첫째, 인물에 공감하며 인물의 마음 상상하기** 이야기 속의 등장인물이나 글쓴이가 되어서 글의 내용을 상상하며 읽어 보세요. 인물이 왜 그런 말과 행동을 했는지 상상하며 읽는 것이지요. 인물이 처한 상황에서 인물의 마음이나 기분, 표정 등을 상상하며 읽는 거예요. 만약 내가 이야기 속 주인공이라면 어떻게 말하고 행동할지 떠올리며 읽어 보세요.
- **둘째, 경험과 관련지어 장면의 분위기 상상하기** 글의 내용과 관련 있는 경험을 활용해서 글에 담긴 장면과 그 분위기를 상상하며 읽는 거예요. 심부름을 주제로 한 시를 읽을 때는 심부름했던 경험이나 심부름을 갔던 장소를 떠올리면서 읽으면 시의 장면이나 분위기를 잘 이해할 수 있어요.
- **셋째, 글의 내용을 바탕으로 앞뒤 내용 상상하기** 글의 내용을 바탕으로 인물 사이의 대화 내용이나 글의 앞뒤 줄거리를 상상하며 읽으면 글을 좀 더 잘 이해할 수 있지요. 이때 상상은 자유롭게 할 수 있지만 그 근거는 제시된 글의 내용을 바탕으로 해야 한다는 점을 잊지 마세요!

1 이 글을 읽고 인물이 주고받은 말을 상상해서 쓰세요.

어느 마을에 성질이 고약한 옹고집네 집에 가짜 옹고집이 나타났어요. 진짜 옹고집은 가족들까지 자신을 의심하자 관가에 가서 진짜를 가리기로 했어요.

진짜 옹고집과 가짜 옹고집은 둘 다 자신을 진짜 옹고집이라고 우겼어요. 원님도 둘을 번갈아 보며 쩔쩔맸지요. 가족들과 지켜보는 사람들도 어안이 벙벙하기는 마찬가지였어요.

이번 주 나의 독해력은?		
	이번 주 학습을 모두 끝마쳤나요?	☺ ☺ ☹
	글에 알맞은 자료를 파악하여 표현할 수 있나요?	☺ ☺ ☹
	이야기의 세계와 현실 세계를 비교할 수 있나요?	☺ ☺ ☹

정답 (1) 예 내가 진짜 옹고집이야. (2) 예 어허! 조용하지 못할까? (3) 예 무슨 소리! 내가 진짜야.

세 마리 토끼 잡는

초등 독해력

정답 및 풀이

쪽수를 잘 보고 정확한 정답과
자세한 풀이를 만나 보세요.

1주 12~13쪽 개념 톡톡

★ (1) 예 원숭이와 바나나 (2) 예 나무로 만든 기둥 두 개 1. (1) ○ (2) × (3) × (4) ○ 2. (1) ○ (3) ○

★ 세 가지 중 관련 있다고 여기는 둘을 묶고, 그렇게 묶은 까닭을 생각해 봅니다. 관점은 사람마다 다를 수 있습니다.
1. (2) 글쓴이는 우주에 지구와 같은 행성이 헤아릴 수 없이 많다고 했습니다. (3) 글쓴이는 우리가 우주에 대해 아는 것은 극히 일부라고 했습니다.
2. '지금 이 순간에도 ~없지만 말이다.'에서 글쓴이의 생각을 파악할 수 있습니다. (2)는 외계 생명체의 존재를 부정하는 사람들에 대한 설명입니다.

1주 14~15쪽 독해력 활짝

1. ② 2. ㉤ 3. ③, ⑤ 4. ④

1. 이 글에서 원자력 발전의 장점에 대해 설명한 부분은 없습니다. 글쓴이는 핵폐기물이 10만 년 동안 안전하게 보관될 수 없다는 입장입니다.
2. 오리의 대답을 들으며 웃는 사람들에 대한 글쓴이의 생각이 드러난 문장을 찾습니다.
3. 글쓴이는 스스로가 좋은 사람이 되는 것이 중요하다며, 친구는 서로 영향을 주고받는다고 생각하고 있습니다. ①, ②, ④의 내용은 나타나지 않았습니다.
4. 글쓴이는 꼬리 잘린 여우의 이야기로 거짓 충고의 위험을 전하고 있습니다.

1주 16~17쪽 독해력 쑥쑥

1. ② 2. ② 3. 자연적 4. (1) × (2) ○ (3) ○

1. 이 수필의 제목은 '네모난 수박'입니다.
2. ㉠의 앞부분 '정작 수박은 ~좋다고 한다.'는 인간의 입장에서 생각한 내용입니다. ㉠ 뒷부분에는 수박의 입장에서 생각한 내용이 들어 있습니다.
3. '인위적'이란 '자연의 힘이 아닌 사람의 힘으로 이루어지는 것'으로, 반대의 뜻은 '자연적'입니다.
4. (1)은 글쓴이의 생각이 아니라 다른 사람의 생각을 전한 것입니다.

1주 18~19쪽 개념 톡톡

★ (1)→(4)→(7)→(8) 1. (1) ㉠ (2) ㉡, ㉢ (3) ㉣
2. (1) × (2) ○ (3) ○ (4) ×

★ 체험이란 보고, 듣고, 한 일 등 겪은 일을 말합니다. (1)은 한 일과 들은 일, (4), (7)은 한 일이며, (8)은 본 일입니다. 이것을 따라 길 찾기를 합니다.
1. 첫 번째 문단에서는 석굴암의 입구를 본 일과 느낀 점이, 두 번째 문단에는 석굴암 본존불을 본 일과 느낀 점이, 세 번째 문단에는 엄마의 말씀을 들은 일과 느낀 점이 들어 있습니다.
2. 이 글을 쓰기 전에 석굴암과 관련한 역사나 사진, 석굴암을 만든 배경 등의 자료를 조사할 수 있습니다. (1), (4)는 석굴암과 관련한 내용이 아닙니다.

1주 20~21쪽 독해력 활짝

1. ②, ④, ⑤ 2. ㉤ 3. ③

1. 글쓴이는 철도 박물관의 옥외 전시장에서 다양한 기차를 보고, 철도 역사실을 관람했습니다. 열차 운전 체험실에서 열차를 운전하는 체험도 했습니다. 직접 기차를 타는 체험은 하지 않았습니다.
2. 글쓴이가 체험한 일은 '감자 심기'입니다. 감자 심기에 대한 생각이나 느낌은 가장 마지막 문장에 드러나 있습니다.
3. ③은 글과 관련 없는 내용입니다. ①, ②, ④, ⑤는 글쓴이가 다녀온 창경궁과 관련 있는 지식입니다.

1주 22~23쪽 독해력 쑥쑥

1. 서울 암사동 유적 2. ①, ④, ⑤ 3. ① 4. (2) ○

1. 이 글에서 글쓴이가 다녀온 곳은 첫 문장에 나타나 있습니다.
2. ② 글쓴이는 제2전시관에서 청동기 시대의 유물을 직접 보았습니다. ③ 글쓴이는 체험 마을을 방문했지만 실제 체험을 하지는 않았습니다.
3. ㉠은 '체험'에 해당합니다.
4. 글에서 '움집은 땅을 파고 나무로 기둥을 세운 뒤, 짚을 덮어서 만든 집'이라고 했습니다.

1주 24~25쪽 개념 톡톡

★ (2) ○ (3) ○ **1.** 왕따 문제 **2.** (1) ○ (4) ○

★ 토의는 해결해야 할 공동의 문제에 대해 가장 좋은 해결책을 찾는 것입니다. (1)에는 해결해야 할 문제가 없습니다.

1. 네 친구가 어떤 문제를 해결하기 위해 의견을 주고받았는지 생각해서 빈칸에 씁니다.
2. (2) 은아는 '왕따를 당했을 때 선생님이나 부모님께 말씀드리자.'고 주제와 관련 있는 의견을 말하였습니다. (3) 남진이는 토의 주제인 왕따 문제에 대한 의견을 말하였습니다.

1주 26~27쪽 독해력 활짝

1. ② **2.** (1) 예 실내 놀이공원으로 가야 한다. (2) 예 재미있는 놀이 기구를 탈 수 있고, 에어컨이 나와서 시원하다. **3.** ⑤

1. 이 글에는 교실 화분의 식물이 누렇게 시들어 가는 문제 상황이 드러나 있습니다. 따라서 세 친구가 토의해야 할 주제는 ②라는 것을 알 수 있습니다.
2. '나'의 의견과 근거는 '나'가 한 말에 들어 있습니다. '나'가 근거로 든 두 가지 내용을 모두 갖추어 씁니다.
3. 준수의 의견은 토의 주제와 관련 있는 의견입니다.

1주 28~29쪽 독해력 쑥쑥

1. (1) 문제 (2) 의견 (3) 해결책 **2.** ④ **3.** (1) 예 인터넷에서 자료를 검색할 때 신문 기사나 백과사전 자료만 이용해야 한다. (2) 예 검증된 자료라서 믿을 만하기 때문이다. **4.** (1) × (2) ○ (3) ○

2. 네 명의 친구들은 인터넷에 잘못된 정보가 많은 것에 공감하며, 어떻게 해야 인터넷에서 올바른 자료를 찾을 수 있을지 토의하고 있습니다.
3. 준우가 인터넷에서 올바른 자료를 찾는 방법을 말한 부분이 의견이고, 그 의견을 뒷받침하는 말이 근거입니다.
4. (1) 도현이는 토의 주제와 관련 없는 의견을 제시하였습니다.

1주 30~31쪽 개념 톡톡

★ (3) ○ **1.** (1) ④ (2) ③ (3) ⑥ (4) ⑤ (5) ② (6) ①
2. (1) 주제 (2) 글감

★ 글을 읽으며 글쓴이가 겪은 일을 파악해 봅니다. (1)은 동현이가 겪은 일이고, (2)는 글에 나타나지 않은 내용입니다.

1. (1) 이른 아침 현관문을 두드리는 상황을 설명하고 있습니다. (2) '은수'라는 인물을 설명하고 있습니다. (3) '뒹굴뒹굴'이라는 의태어를 사용하였습니다. (4) 호랑이와 관련 있는 속담을 사용하였습니다. (5) 흰 눈이 내리는 날씨를 표현하였습니다. (6) 동현이의 말이 드러나 있습니다.
2. '주제'는 글쓴이가 글로 나타내고 싶은 생각이며, 글을 쓰는 재료가 되는 것을 '글감'이라고 합니다.

1주 32~33쪽 독해력 활짝

1. ②, ⑤ **2.** ④ **3.** ④

1. 엄마에게 한 말과 학교에서 놀란 일이 무엇인지 잘 살펴봅니다.
2. 글쓴이는 짝꿍 진희를 설명하는 말로 글머리를 시작했습니다.
3. 꼬마들이 도와준다고 했을 때 글쓴이는 코웃음을 쳤습니다. 그러나 세 꼬마가 힘을 합해서 글쓴이가 혼자 힘으로 세우지 못한 자전거를 세워 주었습니다.

1주 34~35쪽 독해력 쑥쑥

1. ⑤ **2.** (1) ○ (2) ○ (3) ○ (4) × **3.** ② **4.** ③

1. 글쓴이는 행복 찾기 숙제를 한 일을 글감으로 글을 썼습니다.
2. (4) 강아지랑 산책을 하며 즐겁다고 느낀 사람은 종석이입니다.
3. 글쓴이는 종석이의 글을 읽으며, 자신이 많은 행복을 놓치고 있다고 생각했습니다. 이 일을 통해 글쓴이가 나타내려고 하는 생각은 ②입니다.
4. 글쓴이는 선생님이 숙제를 내 주신 일주일 전의 상황을 설명하는 것으로 글머리를 시작하였습니다.

1주 36~37쪽 개념 톡톡

★ (1) ①, ⑤, ⑦ (2) ③, ④ (3) ②, ⑥ 1. (1) 전자 매체 (2) 인쇄 매체 (3) 영상 매체 2. (3) ○ (4) ○

★ 인쇄 매체, 영상 매체, 전자 매체의 뜻을 파악해 그 종류를 찾아 선으로 연결합니다.
1. 인쇄 매체는 대량으로 인쇄하는 매체로 신문, 잡지, 책 등을 아우릅니다. 영상 매체는 시각과 청각을 이용하는 매체로 텔레비전 영상물, 영화 등이 있습니다. 전자 매체는 사용자가 콘텐츠에 접근할 수 있게 휴대폰과 컴퓨터 등 전자 기기의 힘을 이용합니다.
2. 주어진 그림은 영상 매체인 텔레비전 영상물을 보는 아이의 모습입니다. (1)과 (2)는 각각 인쇄 매체, 전자 매체와 관련된 내용입니다.

1주 38~39쪽 독해력 활짝

1. ①, ③ 2. (1) ㉯ (2) ㉮ (3) ㉮ (4) ㉯ 3. ④

1. 신문이나 잡지와 같은 인쇄 매체를 읽을 때는 글과 사진을 잘 살피며 읽습니다.
2. 영상 매체의 내용을 이해하려면 화면의 연출과 자막, 인물의 말과 표정을 잘 살펴보고 장면을 파악합니다.
3. 주어진 그림은 전자 매체인 누리 소통망의 화면입니다. ④는 인쇄 매체에 대한 설명입니다.

1주 40~41쪽 독해력 쑥쑥

1. ② 2. ④ 3. ㉰ 4. (3) ○

1. 이 글은 신문 기사로, 인쇄 매체에 해당합니다. ①은 전자 매체, ③과 ⑤는 영상 매체에 대한 설명입니다. ④는 인쇄 매체를 이해하는 방법으로 알맞지 않은 내용입니다.
2. 글에서 금개구리는 6센티미터로 크기가 작은 편이고 암컷이 수컷보다 크다고 하였습니다.
3. 글에서 '금개구리는 주로 저지대의 논과 논도랑, 습지 등에 산다.'고 하였습니다.
4. 마지막 문단에서 환경부가 금개구리를 방사하는 까닭을 짐작할 수 있습니다.

2주 46~47쪽 개념 톡톡

★ (1) ○ (3) ○ 1. (1) ○ (2) ○ (3) × (4) ○
2. (1) ㉰, ㉲ (2) ㉮, ㉯, ㉱

★ 박물관을 설명한 글과 관련하여 자신의 경험을 알맞게 떠올린 친구를 찾습니다. (2)는 박물관이 하는 일에 대해 새롭게 알게 된 점을 말하였습니다.
1. 「박물관」을 이해하는 데 도움이 되는 내용은 (1), (2), (4)입니다. (3)의 멸종 위기 동물은 글에 나타나지 않은 내용입니다.
2. 주어진 글을 읽고 새롭게 안 내용과 더 알고 싶은 내용을 구별하여 기호를 씁니다. '~을 알았다, 궁금하다' 등의 표현에서 새롭게 안 내용과 알고 싶은 내용을 구별할 수 있습니다.

2주 48~49쪽 독해력 활짝

1. (3) ○ 2. ③ 3. (1) ㉮ (2) ㉰ (3) ㉯ (4) ㉰

1. 글의 제목을 보고 짐작할 수 있는 내용은 (3)입니다. 이 글의 제목은 명태의 습성이나 동물의 이름을 짓는 방법과 관련 없는 내용입니다.
2. 이 글은 우리나라의 고장 축제를 설명한 글입니다. ③은 중국에 여행 갔을 때의 경험으로, 이 글과 관련 없는 경험입니다.
3. '궁금했어, 알게 되었어, 짐작했어, ~다는 것이' 등의 표현에서 해당되는 내용을 알 수 있습니다.

2주 50~51쪽 독해력 쑥쑥

1. ㉯ 2. ③ 3. ③ 4. (1) ○ (2) × (3) ○ (4) ○

1. ㉯ 관혼상제를 왕으로 짐작한 것은 알맞지 않습니다.
2. 중심 낱말은 글에서 여러 번 반복되는 중요한 핵심 낱말입니다. 이 글은 우리 조상들이 중요하게 여겼던 관혼상제의 네 가지 예식에 대해 설명하고 있습니다.
3. 이 글에서는 계례 때 여자는 머리를 올려 쪽을 지고 비녀를 꽂는다고 했습니다. 머리를 빗어 올려 상투를 틀고 갓을 쓰는 것은 남자아이의 관례입니다.
4. (2) 설날에 할아버지가 계신 집에 친척들이 모이는 것은 관혼상제와 상관 없는 세시 풍속입니다.

2주 52~53쪽 개념 톡톡

★ (1) 광개토 대왕 (2) 에디슨 (3) 파브르 (4) 주시경
1. (1) ○ (2) × (3) ○ (4) × 2. (3) ○

★ (1) 담덕이라는 이름과 고구려의 영토를 크게 넓힌 일에서 '광개토 대왕'에 대한 설명임을 알 수 있습니다. (2) 백열전구와 축음기의 발명에서 '에디슨'을 떠올릴 수 있습니다. (3) 『곤충기』라는 책에서 '파브르'를 소개하는 내용임을 알 수 있습니다. (4) 일제 강점기와 인물이 한 일에서 '주시경' 선생임을 알 수 있습니다.
1. (2) 글에서 김홍도가 도화서의 화원이 되었다고 했습니다. (4) 글에서 김홍도는 인물화, 동물화, 산수화, 불화까지 모든 종류의 그림을 잘 그렸다고 하였습니다.
2. (1)은 인물의 재능에서 본받을 점을 찾고 있으므로 알맞지 않습니다. (2) 김홍도는 조선 시대를 연구하기 위해 풍속화를 그린 것이 아닙니다.

2주 54~55쪽 독해력 활짝

1. ②, ③, ⑤ 2. ② 3. (2) ○

1. 우장춘은 한국 농업 과학 연구소의 소장을 맡아 우리나라 채소의 품종을 개량했습니다. 그리고 병충해에 강하면서 생산량이 많은 종자를 만들어 농민들에게 보급했습니다.
2. 신채호 선생은 목숨이 위태로운 상황에서도 친일파의 도움을 거절합니다. 이로 미루어 신채호 선생의 강직한 성격을 알 수 있습니다.
3. 존 고다드가 위험하고 어려운 일만 꿈으로 삼아 도전한 것은 아닙니다.

2주 56~57쪽 독해력 쑥쑥

1. ②, ⑤ 2. ③ 3. (2) ○ 4. ㉰

1. 이 글에서 장보고가 우리나라 해안의 해적들을 소탕하고 청해진을 동아시아 무역의 중요한 거점으로 만들었다는 것을 알 수 있습니다.
2. 장보고의 전기문인 글의 내용을 가장 잘 드러낼 수 있는 제목은 ③입니다.
3. 물고기 밥으로 만들겠다고 말한 것은 해적입니다.
4. ㉰는 인물이 한 일이므로, 본받을 점으로 알맞지 않습니다.

2주 58~59쪽 개념 톡톡

★ (1) ○ 1. (1) ○ 2. (1) ○ (2) × (3) ○ (4) ○

★ 발표하는 이는 눈 건강에 좋지 않다는 점과 인터넷 중독에 빠질 수 있다는 점을 근거로 들어 어린이의 컴퓨터 사용 시간을 제한해야 한다고 주장하였습니다. 이 주장에 어울리는 자료는 (1)입니다.
1. 우리 반에서 가장 시력이 나쁜 친구가 눈이 나빠진 원인이 컴퓨터일 수도 있고 아닐 수도 있으며, 자신이 잘못 알고 있을 수도 있으므로, (1)의 평가는 알맞지 않습니다.
2. (2)는 많은 사람의 의견을 묻는 설문 자료에서는 알맞지 않습니다. 전문가의 의견인지 확인하는 것은 면담 자료를 살펴볼 때 필요한 방법입니다.

2주 60~61쪽 독해력 활짝

1. ㉢ 2. (1) × (2) ○ 3. (3) ○

1. ㉠은 문제 상황이고, ㉡은 글쓴이의 의견입니다. ㉡과 같은 글쓴이의 의견을 뒷받침하는 근거는 ㉢입니다.
2. (1)에서 자료 1은 주장과 관련 있는 내용이지만, '보의 문을 열어 강물을 흘려보내야 한다.'는 주장을 뒷받침하기에는 부족합니다.
3. (3) (나)의 표에서는 우리 반 친구들을 대상으로 설문 조사를 했다고 출처를 밝혔습니다.

2주 62~63쪽 독해력 쑥쑥

1. 예 초등학교에서 언어폭력 예방 프로그램을 실시해야 한다. 2. (1) 그렇다 (2) 그렇다 (3) 그렇다
3. ①, ⑤ 4. (1) (가) (2) (나), (다) (3) (라)

1. 글쓴이의 의견은 서론과 결론에 나타나 있습니다.
2. '학교 폭력 실태 조사'는 교육부에서 초등학교 4학년~고등학교 3학년 학생을 대상으로 실시한 것으로, 글쓴이의 주장을 뒷받침할 근거 자료로 적절합니다.
3. ㉠의 면담 자료는 초등학생들이 언어폭력에 대해 잘 모른다는 근거 자료로 제시되었으나, 조사 범위가 좁아 의견을 뒷받침하기에는 부족합니다.
4. 문제 상황과 글쓴이의 주장이 드러난 서론은 (가)입니다. (나), (다)는 주장에 대한 근거가 제시된 본론입니다. 글쓴이의 주장을 요약한 (라)는 결론입니다.

2주 64~65쪽 개념 톡톡

★ (2) ○ (3) ○ 1. (1) ㈐ (2) ㈎ (3) ㈏

★ 토론은 논제에 대해 찬성과 반대 입장으로 나뉘어야 하므로, 토론이 필요한 상황은 (2), (3)입니다. (1)은 문제 상황에 대해 해결책을 찾는 토의에 해당합니다.
1. (1) 논제와 함께 찬성편과 반대편의 주장이 나타난 ㈐가 알맞습니다. (2) ㈎에서 반대편이 ㈐에 제시된 찬성편의 근거를 반박하고 있습니다. (3) 찬성편과 반대편에서 각각 자신의 주장과 근거를 정리해 주장을 분명히 하는 것은 ㈏입니다.

2주 66~67쪽 독해력 활짝

1. (1) 예 신조어는 아름다운 우리 말과 글을 오염시킨다. (2) 예 신조어를 모르는 사람들이 다른 사람들과 소통하는 데 어려움을 준다. 2. (3) ○ 3. ㈐

1. 반대편의 근거는 주장 다음 부분에 나타나 있습니다. 반대편은 신조어가 우리말과 글을 오염시키고 다른 사람들과 소통하는 데 어려움을 주므로 신조어 사용에 반대하고 있습니다.
2. ㉠은 찬성편이 주장에 대한 근거로 든 내용을 반론한 내용에 포함된 것입니다. 따라서 반대편이 ㉠처럼 질문한 까닭은 (3)입니다.
3. 자기편의 주장과 근거를 요약하여 자기편의 주장을 분명히 한 ㈐가 '주장 다지기' 단계로 알맞습니다.

2주 68~69쪽 독해력 쑥쑥

1. (1) 예 인공 지능이 우리 미래에 긍정적인 영향을 미친다. (2) 예 인공 지능 로봇이 인간을 대신해 힘들고 위험한 일을 할 수 있다. (3) 예 나아가 인간이 노동에서 완전히 해방될 수도 있다. 2. ⑤ 3. ㉮ 4. (2) ○

1. ㉠에서 찬성편이 내세우는 의견이 '주장'이고, 이를 뒷받침하는 생각이 '근거'입니다.
2. ㉡은 인공 지능으로 인해 사람들이 일자리를 잃게 된다는 근거를 뒷받침하는 자료입니다.
3. ㉢에서 찬성편은 반대편이 제시한 근거 자료가 적절하지 못하다고 반박하고 있습니다.
4. ㉣에서 반대편은 찬성편이 제시한 근거에 대해 뒷받침할 수 있는 예가 필요하다고 지적하고 있습니다.

2주 70~71쪽 개념 톡톡

★ (1) ○ (2) ○ (3) ○ (4) × 1. 예 돈이나 물건 따위를 마구 쓰는 모양. 2. ㉮ 3. ①, ③, ⑤

★ 장면을 보고 밑줄 친 낱말 뜻을 짐작해 봅니다. (4)의 '눈'은 사물을 보고 판단하는 힘을 뜻합니다.
1. 짐작한 까닭으로 보아, ㉠의 뜻은 돈이나 물건 등을 헤프게 쓰는 모양을 뜻할 것입니다.
2. 글에서 ㉡은 재산이 거의 남지 않았다는 뜻으로 쓰였으므로, 국어사전에 찾은 낱말 뜻으로 알맞은 것은 ㉮입니다.
3. ㉢은 '재물 따위를 다 써서 없애다.'라는 뜻이므로, ①, ③, ⑤와 바꾸어 쓸 수 있습니다.

2주 72~73쪽 독해력 활짝

1. ② 2. (2) ○ 3. ② 4. ㉯

1. '금지옥엽'은 귀한 자손이란 뜻입니다.
2. ㉠의 '파묻혀'는 '어떤 사물이나 일거리가 주변에 잔뜩 쌓여 그것에만 몰두하여'라는 뜻입니다. 따라서 ㉠은 '온종일 기사 소설책 보는 일에 몰두했다.'는 뜻입니다.
3. ㉠은 '마땅히 머뭇거리거나 두려워할 상황에서 태도나 기색이 아무렇지도 않은 듯이 예사롭게'라는 뜻입니다.
4. 이모의 말에 느릿느릿 대답하는 페터의 태도에서 ㉯의 뜻을 짐작할 수 있습니다.

2주 74~75쪽 독해력 쑥쑥

1. (3) ○ 2. ② 3. ① 4. 예 공중을 날아다니는 일

1. 조나단 리빙스턴 시걸은 이야기의 주인공인 갈매기 이름입니다.
2. 조나단은 그 어떤 일보다 나는 일을 사랑했다고 했습니다. ①, ⑤ 조나단은 홀로 나는 연습을 했습니다. ③ 갈매기들에게 중요한 문제는 먹는 것이었습니다. ④ 조나단은 비틀거리거나 속도를 늦추는 것을 부끄러워하지 않고 시도했습니다.
3. ㉠은 '점심'의 뜻에 대한 설명입니다.
4. '나는 것'에 대한 조나단과 다른 갈매기들의 생각에서 ㉥의 뜻을 짐작할 수 있습니다.

3주 78~79쪽 개념 톡톡

★ (1) ㈎ 비늘은 물고기 ~크기가 다양해. / ㈏ 물고기 비늘은 ~나눌 수 있어. (2) (물고기) 비늘
1. (1) 정어리 (2) 망둥이 (3) 빗비늘 (4) 철갑상어 (5) 굳비늘 (6) 방패 비늘 **2.** (2) ○

★ ㈎의 중심 문장은 문단의 두 번째 문장입니다. ㈏의 중심 문장은 문단의 처음 부분에 나타나 있습니다. 이 글에서 핵심 낱말은 '(물고기) 비늘'입니다.
1. ㈏는 물고기의 비늘을 네 종류로 나누어 각각의 비늘을 가진 물고기의 예를 들어 설명하고 있습니다.
2. ㈎, ㈏의 중심 문장을 연결하여 중요한 내용인 물고기 비늘의 특징을 잘 간추려 쓴 글은 (2)입니다.

3주 80~81쪽 독해력 활짝

1. ④ **2.** ㉡, ㉣, ㉤ **3.** (1) 농경지 (2) 정신적 노력 (3) 토지 (4) 자본

1. 이 글은 '용해'에 대해 설명한 글이므로, '용해'가 가장 중요한 낱말입니다.
2. 데칼코마니 기법으로 그림 그리는 방법인 ㉠, ㉢은 반드시 알아야 할 내용입니다. 반면 ㉡, ㉣, ㉤은 알아두면 좋은 점이므로 생략할 수 있습니다.
3. 이 글에서는 생산의 3요소를 설명하며, 각 요소의 예를 들고 있습니다.

3주 82~83쪽 독해력 쑥쑥

1. ② **2.** ② **3.** 예 공룡이 기후 변화에 적응하지 못하고 멸종했다. **4.** 화산 활동설, 알 도둑설

1. 1문단의 마지막 문장에 글쓴이가 설명하려는 내용이 들어 있습니다.
2. 글에서 학자들의 가장 많은 지지를 얻는 가설은 '운석 충돌설'이라고 했습니다.
3. ㉠에서 이어 주는 말인 '그래서'를 중심으로 원인을 파악하고 그로 인해 생긴 일이 무엇인지 '결과'를 찾습니다.
4. 이 글은 공룡이 사라진 원인에 대한 여러 가설을 알려 주고 있습니다.

3주 84~85쪽 개념 톡톡

★ (1) ② (2) ① (3) ④ (4) ③ **1.** ㈐ **2.** (1) 예 영해는 주권이 미치는 해역의 범위로, 영토에 닿아 있는 바다 지역이다. (3) 예 영공은 주권이 미치는 하늘의 범위이다.

★ (1)은 특징이 여러 개 들어 있는 ②, (2)는 순서가 들어 있는 ①의 틀이 어울립니다. (3)은 공통점과 차이점이 들어 있는 ④, (4)는 문제점과 해결 방법이 들어 있는 ③의 틀이 어울립니다.
1. ㈎에서 중요한 내용만 간추려 쓴 글은 ㈐입니다.
2. ㈏에서 영해와 영공을 설명한 부분을 요약해서 빈칸에 씁니다.

3주 86~87쪽 독해력 활짝

1. ⑤ **2.** (3) ○ **3.** 예 후백제에 왕위 다툼이 일어나 왕위에서 쫓겨난 견훤이 고려의 왕건에게로 갔다.

1. ㈎, ㈏ 문단의 내용을 대표하는 문장은 각각 첫 문장과 마지막 문장입니다.
2. 이 글은 다람쥐와 청설모의 공통점과 차이점을 비교와 대조 구조로 설명한 글입니다.
3. 후백제와 후고구려가 힘겨루기를 한 내용과 경순왕이 고려 왕건에게 신라를 내준 일 사이에 일어난 일을 요약해서 씁니다.

3주 88~89쪽 독해력 쑥쑥

1. ⑤ **2.** ③ **3.** (1) 예 현재 많은 무형 문화재가 사라질 위기에 처해 있다. (2) 예 우리 모두가 무형 문화재에 관심을 가져야 한다. **4.** ③

1. 사라질 위기에 처한 무형 문화재 문제를 해결하기 위해 주장하는 글이므로, 글 전체의 내용을 대표하는 낱말은 '무형 문화재'입니다.
2. 글에서 무형 문화재를 보유한 사람에게 기능을 배우려는 사람이 점점 줄어든다고 했습니다.
3. 글쓴이가 제시한 문제점은 ㈏에, 이를 해결할 방법으로 제시한 내용은 ㈐, ㈑에 들어 있습니다.
4. 이 글에서 글의 내용을 요약하며 주장을 다시 강조한 문단은 ㈒입니다.

3주 90~91쪽 개념 톡톡

★ (1) ④, ⑤, ⑥ (2) ②, ⑦ (3) ①, ③, ⑧ 1. ㉮ 2. (3) ○

★ '시작하는 말'에는 모둠 이름, 조사 주제, 발표 제목이 들어갑니다. '전달하려는 내용'에는 자료와 설명하는 말이 들어가고, '끝맺는 말'에는 발표한 내용, 모둠의 의견이나 전망이 들어갑니다.
1. 주어진 글에는 모둠 이름, 조사 주제, 발표 제목이 들어가 있으므로, 시작하는 말에 해당합니다.
2. 미세 먼지가 심각하다는 뉴스 화면과 그림 자료는 미세 먼지가 우리에게 나쁜 영향을 끼친다는 것을 알려 주고 있습니다.

3주 92~93쪽 독해력 활짝

1. (1) ○ (2) ○ (3) × 2. (3) ○ 3. ②

1. ㈎는 모둠 이름과 조사 주제, 발표 제목이 들어 있으므로, '시작하는 말'입니다. ㈏는 '그러나 우리를 ~널리 알립시다.'와 같은 모둠의 의견이 담겨 있는 '끝맺는 말'입니다.
2. 발표 자료와 설명하는 말에서는 산불이 바람을 타고 번지는 동영상을 보여 주며 바람의 방향을 감안해 바람이 부는 반대쪽으로 피해야 한다고 했습니다.
3. 은하수 모둠이 발표한 내용은 친구와 화해하는 방법입니다. ㉠은 모둠의 의견입니다.

3주 94~95쪽 독해력 쑥쑥

1. ㈎ 2. ③ 3. (1) ○ 4. ①

1. 발표 원고의 시작하는 말에는 모둠 이름, 조사 주제, 발표 제목이 들어갑니다.
2. ㈒의 첫 문장에서 ㈑에 보여 준 자료가 사람들이 많이 사용하는 일본어 표현 자료임을 알 수 있습니다.
3. 이 발표에서 전하려는 내용은 ㈒~㈓에 드러나 있습니다. 따라서 (1)은 이 발표에서 전하려는 내용으로 알맞지 않습니다.
4. 자료를 잘 활용했는지 확인할 때에는 인터넷에서 찾은 자료인지 아닌지를 파악하는 것보다 출처가 명확한지 파악하는 것이 중요합니다.

3주 96~97쪽 개념 톡톡

★ (4)→(5)→(6)→(10)→(14) 1. (2) ○ 2. 나

★ 시에서 말하는 이는 겉으로 드러날 때도 있고 숨어 있을 때도 있습니다. 그리고 시인 자신이거나 시인이 내세운 사람 또는 동식물, 사물일 때도 있습니다.
1. 이 시에서는 말하는 이가 겉으로 드러나 있습니다.
2. 시에서 말하는 이는 '일요일이 이쪽으로 오고 있다는 그 생각만으로도 나는 즐겁지, 나는.'이라고 했습니다. 이와 같은 표현에서 말하는 이가 '나'임을 알 수 있습니다.

3주 98~99쪽 독해력 활짝

1. (2) ○ 2. ④

1. 이 시에서 말하는 이는 동생과 함께 엄마를 기다리는 '나'입니다. 나는 엄마를 기다리다가 깜빡 잠이 들었다가 문득 눈을 떠서 엄마가 오실 듯하여 동생 손목을 잡고 뛰어나갔습니다. (2)는 동생이 한 일입니다.
2. 시에서 말하는 이가 '바람이 부는 날의 풀잎들은 왜 저리 몸을 흔들까요.'라고 한 것은 바람이 풀잎을 흔드는 까닭이 궁금해서 표현한 것이 아닙니다. 풀잎이 바람에 흔들리는 모양이 보기 좋아서 귀엽게 여기는 마음을 표현한 것입니다.

3주 100~101쪽 독해력 쑥쑥

1. 나 2. (2) ○ 3. ④ 4. ①, ③

1. 이 시에서 말하는 이는 '나'입니다.
2. 이 시에서 말하는 이는 나무의 나이테를 나무가 나이를 잊어버리지 않기 위해서 동그라미를 그린다고 했습니다.
3. 3연에 '그 일기장엔 ~적혀 있어요.'로 미루어 알 수 있습니다.
4. 이 시에서 말하는 이는 날마다 일기를 솔직하게 쓰면서 미래의 일을 상상하고 있습니다.

3주 102~103쪽 개념 톡톡

★ 사라 ↔ 라비니아 1. ⑤ 2. (3) ○ 3. (1) 갈등 (2) 사건 (3) 가치관, 처지

★ 글에서 서로 마음이 맞지 않아 맞서는 사람은 사라와 라비니아입니다.
1. 라비니아가 사라의 이야기를 몰래 듣던 소녀를 쫓아 내자 사라와 라비니아는 말다툼을 벌였습니다.
2. 라비니아는 하녀가 함께 이야기를 들어서는 안 된다고 생각했고, 사라는 하녀라는 신분은 이야기를 듣는 일과 상관없다고 생각했습니다.
3. 인물 사이에 서로 맞지 않는 마음이나 행동을 '갈등'이라고 합니다. 갈등은 생각이나 마음, 처지, 가치관이 서로 다르기 때문에 생깁니다.

3주 104~105쪽 독해력 활짝

1. 아빠 늑대, 엄마 늑대 2. ③ 3. (3) ○

1. 시어 칸이 인간의 아이를 내놓으라고 하자, 아빠 늑대와 엄마 늑대가 이 말에 따르지 않고 시어 칸에 맞섰습니다.
2. 주인과 일꾼들은 주인이 모든 일꾼에게 품삯을 똑같이 준 일에 대해 서로 맞서고 있습니다.
3. 언니는 부유하고 풍요로운 도시 생활에, 동생은 안전하고 평화로운 시골 생활에 가치를 두고 있습니다.

3주 106~107쪽 독해력 쑥쑥

1. ④ 2. (2) ○ 3. ② 4. 예 나라면 수달 가죽과 고기를 모두 팔게 해서 그 돈을 서로 나누라고 판결했을 것이다.

1. 농부와 부자는 수달을 서로 가지려고 서로 다투었습니다.
2. 농부와 부자는 원님의 판결에 불만이 있었지만, 꼬마의 슬기로운 판결 덕분에 갈등을 해결했습니다.
3. '횡재'는 '뜻밖에 재물을 얻음. 또는 그 재물'이라는 뜻입니다.
4. 〈서술형〉 ❶ 글 속 상황에서 꼬마가 내린 판결이 무엇인지 살펴봅니다. ⇨ ❷ 꼬마가 내린 판결이 적절한지 또는 나라면 어떤 판결을 내릴지 생각해서 씁니다.

4주 112~113쪽 개념 톡톡

★ (1), (3), (5), (6) 1. ㈏, ㈎, ㈐, ㈑ 2. (1) 사진 (2) 그림 (3) 요약 (4) 그래프 3. (2) ○

★ '학교와 학원 공부로 잠이 부족한 우리나라 어린이들은 활기차게 생활하고 건강하게 자라기 어렵다.'는 글쓴이의 의견을 뒷받침하는 자료를 찾습니다.
1. 기사에서 필요한 자료를 얻으려면, 먼저 컴퓨터로 관련 낱말을 검색합니다. 그 뒤, 제목을 중심으로 훑어 읽다가 관심 있는 기사나 보도를 자세히 읽습니다. 마지막으로 필요한 내용을 정리하고 출처를 써 둡니다.
2. 각 상황에 알맞은 자료의 종류를 찾습니다.
3. 자료를 알맞게 표현하는 까닭은 글을 보기 좋게 만드는 것보다 읽는 사람이 내용을 쉽게 이해할 수 있도록 하여 내용을 효과적으로 전달하는 데 있습니다.

4주 114~115쪽 독해력 활짝

1. ⑤ 2. (2) ○ 3. ㈑

1. 이 글은 성덕 대왕 신종의 이름 유래와 생김새와 겉면에 새겨진 무늬에 대해 설명하고 있습니다.
2. 자료에서 말한 '웃음의 효능' 두 가지를 간단히 요약한 것은 (2)입니다.
3. ㈏의 설문 조사 내용에서 가장 많은 것과 적은 것을 한눈에 이해하기 쉽게 표현한 것은 원그래프입니다.

4주 116~117쪽 독해력 쑥쑥

1. ④ 2. (3) ○ 3. (1) 1 (2) 4 (3) 5 (4) 3 (5) 2 4. ①, ②, ③

1. 이 글은 '개미귀신'이라는 이름의 명주잠자리 애벌레에 대해 알려 주는 글입니다.
2. ㈏의 '개미귀신'이라는 이름에 붙게 된 까닭을 알맞게 요약한 것은 (3)입니다.
3. 개미귀신은 개미가 개미지옥에 빠지면 모래 알갱이를 뿌려서 개미를 미끄러지게 한 다음, 집게 턱으로 물어서 당깁니다. 그 뒤, 체액을 빨아먹고 껍질을 밖으로 던져 버립니다.
4. 개미귀신의 습성을 알려 주는 글을 이해하는 데 도움이 될 자료는 ①~③입니다.

4주 118~119쪽 개념 톡톡

★ (1) ○ (2) ○ 1. (1) ㉡ (2) ㉢ (3) ㉠ 3. (1) 배경 (2) 큰따옴표, 성격 (3) 괄호

★ 이야기에서 인물의 말은 큰따옴표 안에 넣어 씁니다. 그러나 극본에서는 인물의 말을 대사로 표현합니다.
1. ㉠은 극본의 시간, 공간적 배경과 인물을 소개하는 해설입니다. ㉡은 부인이 하는 대사입니다. ㉢은 부인하는 행동을 지시하는 지문입니다.
2. 극본에서는 이야기의 배경과 등장인물은 해설로 나타냅니다. 이야기 속의 대화는 인물의 대사로, 인물의 행동이나 표정은 괄호 안의 지문으로 표현합니다.

4주 120~121쪽 독해력 활짝

1. (1) ㉠ (2) ㉢ (3) ㉡ 2. ⑤ 3. (1) 예 그냥 놀고 있었는데요. (2) 예 이 녀석들! 내 정원에서 당장 나가!

1. '해설'은 때, 곳, 나오는 사람들을 설명하는 글입니다. '대사'는 등장인물이 하는 말이고, '지문'은 등장인물의 행동이나 표정을 지시하는 글입니다.
2. 스님의 말을 들은 정승 부인의 안타까운 마음에 알맞은 표정이나 몸짓, 말투를 지시한 지문은 ⑤입니다.
3. 〈서술형〉 ❶ ㉠에는 이야기에서 아이가 한 말을 대사로 씁니다. ⇨ ❷ ㉡에는 아이의 말을 들은 거인의 성격이나 상황에 맞게 대사를 만들어서 씁니다.

4주 122~123쪽 독해력 쑥쑥

1. ② 2. 해설 3. 예 내가 죽으면 어린 너 혼자 어찌 살꼬. 4. ④

1. '지성이면 감천'이라는 속담은 정성이 지극하면 하늘도 감동하게 된다는 뜻입니다.
2. 극본에서 무대 장치나 때, 곳, 나오는 사람들을 설명하는 글을 '해설'이라고 합니다.
3. ㈎에서 큰따옴표 안에 있는 아버지의 말을 잘 읽은 뒤, 빈칸에 적절한 대사로 표현합니다.
4. ㉣ 뒤에 있는 아들의 말로 미루어 아버지의 말을 듣고 놀란 표정이나 몸짓, 말투를 지시하는 표현을 찾습니다.

4주 124~125쪽 개념 톡톡

★ (1) 현 (2) 이 1. (3) ○ 2. ㈐

★ (1) 농부가 아내에게 부탁받은 일, 농부가 무명 한 필을 들고 장에 간 일은 현실에서 흔히 볼 수 있는 일입니다. (2) 고양이가 공중에서 꼬리부터 사라지는 일, 웃는 얼굴만 남아 있는 일은 현실에서 일어날 수 없는 일입니다.
1. 이 글에는 총각이 "시르릉, 시르릉." 하고 우는 새를 잡아먹고 걸을 때마다 시르릉 소리가 난 일과 새의 깃털을 떼고 걸었더니 소리가 사라진 일이 나타나 있습니다.
2. 깃털을 몸에 붙이고 걸을 때 시르릉 소리가 나는 일은 현실에서 일어나지 않습니다.

4주 126~127쪽 독해력 활짝

1. (1) × (2) ○ (3) ○ 2. ⑤ 3. (1) 비 (2) 다 (3) 비 (4) 비

1. (1) 이 글에서 마량이 그림을 그려서 먹고살았다는 내용은 나오지 않습니다.
2. 베스는 피아노를 치도록 허락해 주고 배려한 로렌스 할아버지께 감사하는 마음을 담아 실내화와 감사 카드를 전했습니다. 이와 비슷한 경험을 한 사람은 진우입니다.
3. 현실에서 동물이 사람처럼 말을 하며 인사를 나누는 일은 일어나지 않습니다.

4주 128~129쪽 독해력 쑥쑥

1. 단풍나무 (아저씨) 2. ① 3. ③ 4. (1) ○

1. 고추잠자리가 내 가지에 앉았다고 했으므로, 이야기에서 말하는 이인 '나'는 단풍나무입니다.
2. 이야기에서 고추잠자리는 단풍나무가 묻지도 않았는데 이름을 말했다고 했습니다.
3. ㉡의 '힘든 일도 아닌데 못 할 이유가 없으니까요.'라고 말한 부분에서 '나'가 다른 이의 말을 잘 들어주는 너그러운 성격임을 알 수 있습니다.
4. (2) 고추잠자리가 단풍나무에 앉는 것은 현실에서도 가능한 일입니다. (3) 고추잠자리가 자기 이름을 정하는 것은 현실에서 일어날 수 없는 일입니다.

4주 130~131쪽 개념 톡톡

★ (2) ○ (3) ○ 1. ①, ⑤ 2. (3) ○ (4) ○

★ 『80일 간의 세계 일주』를 읽고 난 생각이나 느낌을 말한 친구는 (2)와 (3)입니다. (1)은 책 내용에 대해 말한 것입니다.

1. 이 글은 독서 감상문의 일부로 책 내용과 책을 읽고 난 뒤의 생각이나 느낌이 드러나 있습니다. 제목이나 읽은 책의 제목, 책을 읽게 된 동기는 나타나지 않았습니다.
2. ㉠의 앞 문장에서 '주인공은 능텅 감투가 탐이 나서 능텅 감투를 쓴 채 집으로 도망쳐 버린다.'고 했습니다. 이에 대한 생각이나 느낌으로 알맞은 것은 (3), (4)입니다.

4주 132~133쪽 독해력 활짝

1. ⑤ 2. ②, ④ 3. 예 이야기 속의 깃털처럼 한번 뱉은 말은 주워 담을 수 없으니 나도 이제부터 말을 조심해야겠다.

1. 이 글에는 독서 감상문의 제목, 읽은 책의 제목, 책을 읽게 된 동기, 책의 내용 등이 쓰여 있습니다. 그러나 책을 읽고 난 뒤의 생각이나 느낌은 나타나지 않았습니다.
2. ㉠~㉤ 중 '기막히게 재미있을 텐데.', '아마 내가 동물이라도 ~찾아갈 것 같다.'와 같은 부분에는 책 내용에 대한 글쓴이의 생각이나 느낌이 담겨 있습니다.
3. **〈서술형〉** ❶ 랍비가 말을 깃털에 비유해서 깨우쳐 준 뜻을 파악합니다. ⇨ ❷ 수다쟁이가 깨우친 점을 짐작해 보고 이야기에서 생각하거나 느낀 점을 씁니다.

4주 134~135쪽 독해력 쑥쑥

1. ① 2. ㈎ 3. ②, ④, ⑤ 4. (3) ○

1. ㈎에서 글쓴이가 『크리스마스 캐럴』의 주인공을 이미 알고 있었다는 것을 알 수 있습니다.
2. 첫 문단인 ㈎에 책을 읽은 동기가 들어 있습니다.
3. ㉠와 ㉢은 이야기의 내용을 쓴 문장입니다.
4. 글쓴이는 가장 인상 깊은 장면이 크리스마스 다음 날을 표현한 대목이라고 했습니다.

4주 136~137쪽 개념 톡톡

★ (1) × (2) ○ (3) ○ (4) ○ (5) × (6) × 1. 신우, 민아 2. (1) 의견 (2) 정확 (3) 줄임 말 (4) 기분

★ 누리 소통망 대화는 인터넷 같은 통신 매체를 이용해 문자로 대화를 나누는 것입니다. 따라서 시간과 공간의 제약을 받지 않습니다. 누리 소통망 대화를 나눌 때도 올바른 언어를 사용하고, 그림말은 적절하게 사용해야 합니다.

1. 글을 쓴 친구의 감정이나 의견을 생각하며 댓글을 단 친구는 신우와 민아입니다. 효린이와 지훈이는 글을 쓴 친구의 기분을 배려하지 않았습니다.
2. 누리 소통망에서 대화할 때는 상대를 배려하면서 자신의 의견을 표현해야 합니다.

4주 138~139쪽 독해력 활짝

1. 동민(이) 2. ①, ③ 3. ③, ⑤ 4. (3) ○

1. 이 대화에서 예절을 지키지 않은 사람은 '나'와 동민이입니다.
2. 이 대화에서 '나'와 동민이는 준수를 비방하는 말을 했습니다.
3. ㉢은 동현이가 ㉡의 내 말에 공감을 표현한 말입니다. 또, ㉤은 ㉣의 서준이 말에 은희가 공감을 표현한 말입니다.

4주 140~141쪽 독해력 쑥쑥

1. ① 2. ⑤ 3. 상어, 좋은날 4. 예 글쓴이의 처지와 상황을 배려하지 않고 상처 주는 말을 했다. / 글쓴이의 처지와 상황을 바꾸어 생각하지 못했다.

1. 이 글은 인터넷 게시판에 쓴 글이므로, 음성으로 대화할 수 없습니다.
2. 글쓴이는 학교에서 친구들에게 따돌림을 당해 힘들다고 했습니다.
3. 글쓴이의 처지나 상황을 배려하지 않고 문제를 글쓴이에게 돌리는 친구를 찾아 씁니다.
4. **〈서술형〉** ❶ 따돌림을 당해 고민하는 글을 보고, 상어와 좋은날이 잘못한 점을 파악합니다. ⇨ ❷ 글쓴이의 처지와 상황에 비추어 온라인 대화 예절에 어긋난 점을 정리해서 씁니다.

축하합니다!
E2권 독해 능력자가 되었네요.
F1권에서 다시 만나요!